14일의 동거

일러두기   인명 및 지명은 국립국어원의 외래어 표기법에 따라 표기했으나,
              'David'의 경우 작가의 의도를 살리기 위해
              독일어 규정 용례인 '다비트'가 아닌 '다비드'로 표기했습니다.

14일의 동거

레네 프로인트 지음

이지윤 옮김

문학사상

차례

D-Day : 틴더

아무리 허브 스프레이를 뿌려도 그의 집과 인생을 덮칠 불운과 악령을 막지 못하리란 걸 진작에 알았다면, 다비드는 쓸데없는 헛수고를 하지 않았을 것이다. 당연히 아무것도 몰랐기에 그는 소파 위에 한 번, 식당 쪽을 향해 한 번, 침실에도 한 번 스프레이를 칙칙 뿌린 뒤 자기 몸 위에도 허브 향을 둘렀다. 뭐 나쁠 건 없겠지.

무려 '대천사 미카엘의 에너지 정화 스프레이'라는 어마어마한 이름을 달고 있긴 했지만, 진짜로 이 스프레이가 악한 기운을 날려 보낼 거라고 믿은 건 아니었다. 최소한 라벤더와 샌달우드가 악취를 살짝 덮어 주긴 할 테니까, 일단 뿌려 본 것이다. 어쨌든 향기가 분위기와 감정에 영향을 준다는 건 과학적으로 증명된 사실이다. 라벤더는 긴장을 해소해서 안정을 유도하고 샌달우

드는 최음제 성분이 있다고 하니 기분은 좋아지겠지. 자, 그런 의미에서 한 번 더! '칙칙.'

다비드는 핸드폰을 확인했다. 2020년 3월 15일 일요일 오후 7시 23분, 약속 시간은 7시였다. 발코니로 나가 거리를 내려다봤다. 이미 날은 어두워졌지만, 다비드가 기다리는 사람의 모습은 보이지 않았다. 아니, 거리는 아예 텅 비어 있었다. 인플루언서와 힙스터의 성지인 이곳은 평소 같았으면 동네 곳곳에서 주차 전쟁이 벌어지고 있었을 것이다. 하지만 지금은 근처 공원에서 새들이 지저귀는 소리가 들려올 정도로 한적했다. 새소리라니. 여태껏 이 집에 살면서 저녁 시간에 새소리를 들은 적은 한 번도 없었다.

거실로 돌아온 다비드는 피아노 앞에 앉아 코드 몇 개를 짚어 봤다. 아마도 그 사람은 오지 않을 것이다. 그 편이 나을 거라고 생각했다. 공기 중에 맴도는 낯선 기운은 '대천사 미카엘의 에너지 정화 스프레이'로도 희석시킬 수 없었다. 정부가 무슨 긴급 대책을 발표했다는데, 그게 무엇을 어떻게 하라는 말인지 정확히 아는 사람은 아무도 없었다. 그래서 모든 것이 정상이었을 때 잡은 데이트 약속을 반드시 미룰 필요는 없을 것 같았다.

다비드는 다시 핸드폰을 확인했다. 7시 35분. 도착

한 문자는 없다. 혹시나 해서 틴더도 확인해 봤지만 거기에도 새로 온 메시지는 없었다. 8시가 지났다. 결국 다비드는 먼저 문자를 보냈다.

안녕 코리나, 오는 중이야?

조만간 그녀에게 감당할 수 없을 정도로 많은 시간이 허락되리라는 걸 알았다면, 코리나는 그때 그렇게까지 서두르지는 않았을 것이다. 몇 달 전부터 그녀는 자신이 뒤처져 있다는 생각을 멈출 수 없었다. 말하자면 때를 놓친 것 같았다. 서른 살 생일 파티가 벌써 이 년 전이다. 다들 아직 젊은 나이라고 하지만, 코리나에게 서른 번째 생일은 하나의 기점이 됐다. 그때부터 그녀는 어떻게 해야 사오십 대가 돼도 살아남을 수 있을지 고민에 사로잡혔다.

그녀는 지금 벼룩시장에서 산 싸구려 신발과 블라우스를 걸치고 있었다. 평소보다 더 허름한 차림에다 화장도 하지 않았다. 원래도 데이트를 할 때 과하게 꾸미는 타입은 아니었다. 그래도 아이라인 정도는 그릴 수 있었을 것이다. 아니, 적어도 머리는 감고 나와야 했다는 생각이 들었다. 그 사람이 거짓말한 게 아니라면 오늘 만날 상대는 그녀보다 세 살 연하였다.

약속에 늦은 건 전부 엄마 책임이었다. 엄마는 언제

나 그렇듯 코리나가 급하게 나가야 할 때 말을 걸고 늘어졌다. 엄마 친구의 친구가 관공서에서 일하는데, 조만간 완전한 통행금지가 실시될 거래, 그러니까 지금 나가면 안 돼. 게다가 오늘 만날 남자가 어떤 사람인지도 모르잖니. 그러니까 어쩌고저쩌고…….

그러니까 삼십 분에 한 대 오는 버스를 놓친 건 당연한 결과였다. 다음 버스를 기다리는 내내 코리나는 세상의 끝에 존재하는 것 같은 엄마 집에 기어들어 온 자신을 저주했다. 처음에는 가격이 적당한 원룸이나 포근한 셰어하우스에 자리가 나면 바로 나갈 생각이었다. 몇 주만 신세를 지려고 했는데 어느새 반년이 지났다. 망할 집주인에게 내쫓기지만 않았다면 이런 상황은 오지 않았을 것이다. 게다가 엄마는 병약하고 소심한 연금 생활자도 아니었고, 인심 좋은 할머니는 더더욱 아니었으므로 얹혀사는 것은 결코 쉬운 일이 아니었다. 올해 쉰한 살인 엄마는 지역 아동·청소년 돌봄센터에서 일했는데, 덕분에 평일에는 오전 5시 50분만 되면 요란한 알람 소리가 집 안에 울려 퍼졌다. 엄마의 활기와 근면함 때문에 코리나는 자기 자신이 무기력한 기생충처럼 느껴지곤 했다.

버스 기다리는 시간이 아까워서 조금 떨어진 전철 정거장까지 가봤지만 전철도 놓치고 말았다. 말도 안 돼,

여기서도 기다려야 한다니. 늦는다고 메시지를 보내야 하나? 매달리는 것처럼 보이긴 싫은데 그냥 있을까? 다시 생각해 보니 엄마 말이 맞는 것 같아. 집으로 돌아갈까? 하지만 그렇게 되면 오늘 저녁 내내 엄마의 설교와 잔소리를 들어야 하는데, 그것만큼은 정말 싫었다. 데이트 대신에 엄마의 설교라니, 그럴 수는 없었다.

코리나는 틴더가 어떤 것인지 정도는 알고 있었지만, 아직도 이 어마어마한 데이팅 앱과 매칭 시스템은 낯설기만 했다. "세상에 틴더만큼 쉬운 게 없지." 그렇게 말한 건 친구 소피였다. 그러고 보면 오늘 코리나가 겪은 불운은 전적으로 소피 탓이었다. 앱에서 남자와 대화 몇 번 주고받는 걸로 끝내지 않고 직접 만나게끔 부추긴 게 바로 소피였으니까. 소피는 코리나가 벌써 서른두 살이며 앞으로 계속 나이를 먹게 될 거라고 압박해 댔다. 말은 쉽지. 소피는 결혼을 해서 벌써 애가 둘이나 있었으므로 아무 부담 없이 틴더를 들락날락하며 구경만 해도 괜찮았다.

이제 몇백 미터밖에 남지 않았다. 주소를 확인하느라 핸드폰을 봤더니 문자가 와 있었다. 오후 8시 8분.

안녕 코리나, 오는 중이야?

답장해, 말아? 코리나는 걷느라 이마가 땀으로 흠뻑

젖고 볼이 벌겋게 달아오른 것을 느꼈다. 지금 자기 꼴은 전혀 매력적이지도 않고 성숙해 보이지도 않은, 어린애 같은 모습일 터였다. 체육 시간에 오래달리기를 한 학생과 다를 바 없는 모습 말이다.

재미있네. 초인종이 울리자 다비드는 생각했다. 그는 이제 막 랄프로렌 셔츠를 벗고 집에서 입는 티셔츠로 갈아입은 참이었다. 이제야 오다니. 그래도 상관은 없지, 뭐. 그는 피아노 의자에서 벌떡 일어났다. '딩동딩동.' 거울을 슬쩍 보니 꽉 끼는 티셔츠를 입은 모습도 나쁘지 않았다. '딩동딩동.' 그가 현관문을 열었다. 코리나는 가택수색을 나온 경찰처럼 다비드를 휙 지나쳐 집 안으로 직진했다.

"좀 특이한 냄새가 나네." 코리나가 말했다.

"안녕." 다비드가 말했다.

"할아버지 냄새가 나."

"고마워. 근데 나이 속인 건 아니야."

"아, 그래? 그럼 다른 건 뭘 속였는데?"

"나 속인 거 없어!"

다비드는 어쩌다가 만나자마자 변명부터 하게 됐는지 알 수 없었다. 그는 코리나를 훑어봤다. 프로필 사진에서 본 것처럼 아름답고 건강한 머리카락이었다. 힙스터 스타일. 화장은 안 했고, 아마도 벼룩시장에서 산 것 같은 빈티지 블라우스. 투박한 신발은 그녀에게 어울리진 않았지만, 전반적으로 나쁘지도 않았다.

코리나가 피아노를 가리켰다. "최소한 하나는 속이진 않았네. 너 정말 음악 하는 사람이구나. 피아노를 치나 봐."

"뭐, 그냥……."

"아니면 너 말고 여기에 피아노 칠 사람이 또 있어? 누가 더 있는데 내가 정신이 없어서 못 본 건가?"

"아니, 그런 건 아니고……."

"아니고 뭐?" 코리나가 집요하게 캐물었다.

"취미로 하는 거야." 다비드가 간단히 답했다. 지금 그녀 앞에서 자기가 살아온 삶을 일일이 공개할 생각은 전혀 없었다.

"그러니까 취미로 하는 거라고? 전문가는 아니고?"

"그렇다고 할 수 있지."

"예술에 '그렇다고 할 수 있'는 건 없어. 그러니까 뭐야? 너는 온 마음과 열정을 다하는 음악가야, 아니야?"

다비드는 이런 질문은 관계가 좀 진전된 다음 촛불이라도 켜놓고 해야 하는 것이라고 생각했다. 적어도 첫

인사 대신 나눌 대화 주제는 아니었다. 그래서 다시 인사부터 시도했다.

"안녕, 나는……."

"아니라고? 그냥 취미라고? 취미라, 취미……. 정말 이상한 말 아니야? 취미, 취미……, 말하면 할수록 점점 더 이상해지는 것 같은데, 너도 그래?"

"나는 다비드야."

다비드가 코리나에게 조금 다가갔다. 하지만 어떤 방식으로 인사해야 할지 몰라 머뭇거렸다. 그러자 코리나가 먼저 다비드의 왼쪽, 오른쪽, 다시 왼쪽 볼에 가벼운 볼 키스를 했다. 그에게서 라벤더 향과 약간의 섬유유연제 향이 났다. 다비드는 당황한 듯 가만히 서서 아무런 반응을 보이지 않았다.

"데이트할 때는 볼 키스로 인사하는 거 아니야?"

코리나는 그렇게 물으면서 속으로는 자꾸 이상한 짓을 하는 자기를 탓하고 있었다. 그녀는 위축될 때마다 그런 감정을 감추기 위해 일부러 과하게 행동하곤 했다. 코리나의 질문에 다비드는 넓은 어깨를 소심하게 으쓱거렸다.

"뭐, 이 시국에 이래도 되는지는 잘 모르겠지만……."

놀란 코리나가 한 손으로 입을 틀어막았다.

"세상에, 깜빡했어. 미안, 불쾌했지?"

"아니야, 나는……."

"완전히 잊고 있었네. 전혀 생각도 못 했어."

"우리가 약속을 잡은 게…… 벌써 사흘 전이잖아. 이렇게 될 줄 알았더라면 취소했을 거야." 다비드가 달래듯 말했다.

"사흘 전이라……." 코리나가 곱씹었다.

"사흘 전엔 모든 게 이렇지 않았으니까."

"앞으로 상황이 더 나빠질 것 같아?"

"그건 나도 모르지. 하지만 이미 밖은 텅 비었어." 다비드는 대답하며 발코니에서 거리를 내려다봤다.

"알아. 여기 올 때 시내를 가로질러 왔거든. 그건 그렇고, 좀 늦은 건 미안해."

이 여자, 어쩌면 정상일지도 모르겠네. 다비드는 생각했다. '좀'이란 표현이 마음에 걸렸지만, 그래도 사과를 들으니 마음이 누그러졌다. 코리나는 천진한 미소를 지으면서도 머릿속으로는 과연 여기에 계속 있어도 될지 고민하고 있었다. 지금 당장 집에 가야 하나? 그런데 여기서 저 남자와 저녁을 보내면 안 될 이유는 또 뭐지? 이 남자는 잘생겼고, 친절해 보였다. 너무 근육질인 것은 그녀 취향이 아니었지만, 그렇다고 도망갈 필요는 없

었다. 코리나는 일단 긴장을 좀 풀고 탐색을 해보기로
했다.

"여기서 담배 피워도 돼?" 코리나가 물었다.

"아니." 다비드가 답했다.

"그럴 줄 알았어."

"정…… 피우고 싶으면…… 어…… 물론 나는 여기
서 피운 적 없지만…… 그래도 원한다면…….." 다비드가
말을 더듬었다.

"물이나 뭐 마실 거 한잔 줄 수 있어?"

"맥주도 있어."

"좋아."

"근데 무알콜이야."

"그럼 물이 낫겠네."

코리나는 창밖을 내다봤다. 그녀는 맥주를 별로 좋
아하지 않았다. 무알콜은 더더욱 좋아하지 않았다. 그건
맥주를 마시는 본연의 목적에도 부합하지 않으니까. 진
토닉이 있다면 더할 나위 없을 텐데. 그때 다비드가 잔
두 개를 들고 왔다. 물병과 반쯤 남은 보드카 병도 함께
였다. 그리고 코리나에게 잔 하나를 내밀었다.

"보드카가 있더라고."

"그럼 나는 그거 마실게."

다비드는 자기 잔엔 물을, 코리나의 잔엔 보드카를 따랐다. 보드카를 한 모금 삼키자, 코리나는 배 속이 따뜻해지는 걸 느꼈다. 이제 곧 긴장이 풀리고 자신감도 생길 것이다. 하지만 지금은 입을 다물고 대화의 주도권을 다비드에게 넘기리라 마음먹었다. 그녀의 생각을 읽기라도 한 듯, 다비드가 헛기침을 하더니 입을 열었다.

"그런데…… 너 이런 거 자주해?"

코리나는 웃음을 터뜨렸다. "아니 다비드, 미안한데 그런 얘긴 하지 말자. 다른 주제 없어? 뭐라도 괜찮아! 축구나 와인도 좋고, 역사나 영화 얘기도 괜찮아. 근데 그건 진짜 아니다. '너 이런 거 자주해?'라니!"

"나는 이번이 세 번째야. 그리고……."

"내가 세 번째? 재미있네!" 코리나의 목소리가 점점 높아졌다.

"정말이야." 다비드는 말하면서 얼굴이 붉어지는 것을 느꼈다. 이어진 코리나의 뜬금없는 말에 그의 양 볼은 더욱더 붉게 달아올랐다.

"어쨌든, 오늘 섹스와 관련된 일은 전혀 없을 거야. 그것도 '이 시국'에 말이야. 근데 그거 말고 뭐 하고 싶은 거 있어? 도대체 우리 왜 만난 거야?" 코리나가 말했다.

"서로에 대해 더 잘 알기 위해 만난 거겠지." 다비드가 답했다.

"넌 나를 별로 알고 싶어 하지 않는 것 같은데." 코리나가 받아쳤다.

"내 생각엔 네가 그런 것 같은데." 다비드는 이렇게 말하고선 재치 있게 한 방 먹인 것 같아 내심 뿌듯해했다.

코리나는 큰 소리로 웃으며 보드카 잔을 비웠다. 그리고 빈 잔을 다시 채우면서 말했다. "어쨌든 솔직한 건 마음에 드네."

"내 프로필에서 뭐가 마음에 들었어?" 다비드는 궁금했다. 코리나의 취향은 수염을 기르고 샌들을 신은 힙스터일 것 같았다. "왜 날 만나고 싶었는데?"

"'David19'란 닉네임이 마음에 들었어. '이 시국'과 어울렸다고 할까? 나쁘지 않았어, David19." 코리나가 보드카를 한 모금 마시며 말했다.

"그렇게 큰 의미가 있지는 않아." David19가 말했다.

"그런 것 같아."

"원래 내가 태어난 해를 따서 'David91'이라 짓고 싶었는데, 이미 누가 써버렸더라고. 그래서 할 수 없이 'David19'가 된 거지. 그리고 그건 '이 시국'이 오기 한참 전에 만든 거야."

코리나가 잔을 비우고선 다비드를 바라보며 말했다. "왜 너 같은 남자가 애 둘 딸린 유부남이 아닌 거지?"

"말이 좀 심한 거 아닌가? 나 스물아홉 살이야! 그리고 나 같은 남자라니, 그게 무슨 뜻이야?" 다비드가 되물었다.

코리나는 진짜로 답을 해야 하나 고민했다. 잘생기고, 꽤 재미있고, 집을 보니 돈도 잘 버는 것 같고, 무엇보다 엉덩이가 귀엽게 생겼으니 벌써 결혼하고도 남을 것 같다는 말이었다. 하지만 그건 이제 막 데이트를 시작한 사이에 할 말은 아닌 것 같았다. 그래서 그녀는 말을 돌렸다.

"너는? 내 어떤 점이 마음에 들었어?"

다비드는 잠시 생각을 한 뒤, 솔직하게 말하기로 마음먹었다. 어쨌거나 코리나는 트집을 잘 잡는 만큼 이야기를 주도하는 것도 능숙해 보였다. 그는 헛기침을 짧게 하고 말했다.

"네가 자기소개에 쓴 말, 누굴 만나든 오 초 만에 앞으로 어떻게 될지 알 수 있다는 거."

"응, 맞아. 오 초는 넉넉하게 봐준 거고 사실 삼 초면 돼." 코리나가 고개를 끄덕였다. 그리고 그녀는 말을 멈췄다.

다비드가 말을 이었다. "그렇구나. 그럼 네 생각에……." 그러나 말을 다 잇지 못하고 헛기침을 했다.

"말을 좀 끝까지 해봐."

"그래, 뭐……." 다비드가 어깨를 으쓱했다.

코리나가 그와 눈을 맞추며 말했다. "그래서 내 생각에?"

"그러니까…… 우린 인연이 아니지?"

마침내 그 말을 입 밖으로 꺼낸 다비드는 약간 속 시원한 얼굴을 하고 있었다. 그 얼굴을 보자 코리나는 웃음을 터트리고 말았다. 그녀 역시 비슷한 생각을 하고 있었다. 어차피 안 될 사이라면 시간 낭비 말고 빨리 끝내는 게 나았다. 코리나는 다비드 대신 저녁을 함께 보낼 사람을 떠올리느라 머리를 굴렸다. 소피와 와인을 한잔하거나, 그게 안 되면 집에 가는 길에 다른 친구에게 전화를 해야겠다고 생각했다.

"물 잘 마셨어." 코리나가 문 쪽으로 몸을 돌리며 말했다. "오늘 재미있었어. 그럼 나는 이만……."

그때, 그녀의 목소리에 담긴 무언가가 다비드를 흔들었다. 그는 사람들의 제스처에 민감한 편은 아니었지만, 음색에는 예민했다. 코리나의 목소리에서 상처받았다는 감정이 전해졌다. 그게 진짜라면 너무 미안한 일이었다. 게다가 그녀가 돌아간 후 딱히 혼자서 할 일이 있는 것도 아니었다.

"저기…… 이제 상황이 확실해졌으니까, 오히려 우리 그냥 편하게 시간을 보낼 수 있을 것 같은데…… 네 생각은 어때?" 다비드가 물었다.

"그것도 맞는 말이네. 이 시국엔 너나 나나 밖에 돌아다니는 것보다 그게 더 현명한 것 같아. 그건 그렇고, 나 배고파." 코리나가 말했다.

"나도 배고파. 우리 카발리노에서 피자 시켜 먹자." 다비드가 말했다.

"카발리노에서 피자를 시켜 먹자고?" 코리나가 결코 이제 와서 까다롭게 굴려던 것은 아니었다.

"왜? 안 돼?" 다비드가 순진하게 되물었다.

"안 될 건 없지. 집에 레드와인 있어?"

다비드가 다시 헛기침을 했다. "음…… 아니."

"화이트와인도?"

"없어. 하지만 주문할 수 있어. 카발리노는 와인도 배달돼."

"그래?"

그때 코리나가 모든 걸 이야기해야 했을까? 아무도 알 수 없는 일이지만, 적어도 자신을 위해서는 그러는 편이 나왔을지도 몰랐다.

다비드가 노트북을 보며 말했다. "25유로 이상 주문 시 배달비 무료래. 우리도 그렇게 시키자. 와인은 뭐 마실래? 키안티Chianti?"

"바르돌리노Bardolino로 하자. 가격은 더 저렴한데 취하는 건 똑같거든."

"완전 전문가네. 피자는? 큰 거 하나 시켜서 나눠 먹을래?"

"그래."

"나는 채식 피자가 좋은데, 너는?"

"진짜 가지가지 한다."

"무슨 뜻이야?"

"네가 그런 사람일 거라고 짐작은 했어."

"그런 사람이라니?" 다비드는 코리나가 자신의 겉모습만 보고 판단한 것에 살짝 짜증을 내며 물었다.

"너 같은 사람은 항상 건강을 생각하고 스스로를 굉장히 모범적이고 멋지다고 생각하지. 그런데 그거 알아? 채식 피자 위에 올라가는 아티초크는 사실 이집트산 통조림이야."

"네가 그걸 어떻게 알아?"

"아티초크는 항상 통조림을 써."

"그래서 채식 피자 같이 먹을 거야, 말 거야?"

"먹든지."

"근데 나는 치즈도 안 올려." 다비드는 어떤 반응이 돌아올지를 안다는 듯 작은 목소리로 말했다.

코리나는 평생 콩고기 굽는 냄새도 맡아 본 적 없다는 듯이 놀라는 연기를 하며 물었다. "세상에, 도대체 왜?"

"나는 비건이야." 다비드가 단호한 목소리로 말했다.

그는 코리나가 해댈 갖가지 황당한 질문에 미리 마음의 준비를 하고 있었다. 이제 두 사람의 저녁 식사가 어떻게 진행될지는 코리나의 질문 여하에 달려 있다. 비건이라고 하면 사람들이 보이는 반응은 다양했다. 「스타 트렉」에서 우주선 엔터프라이즈호를 공격하는 악당 외계인이 비건 아니었어? 너는 왜 고기라는 우리 삶의 작은 기쁨을 거부하는 거야? 정작 네가 먹는 건 동물의 식량이잖아. 너는 네가 우리보다 우월하다고 생각하지? 채식하면 발기부전이 온다며?

코리나는 다비드를 쳐다보지도 않고 말했다. "나는 프로슈토 피자를 먹을래. 올리브 빼고 살라미 토핑 추가해서."

다비드는 지금이 코리나를 도발해도 될 것 같은 타

이밍이라고 생각했다. "그 피자를 위해 동물 두 마리가 죽었다는 사실이 신경 쓰이지 않는다면 그렇게 해."

"왜 두 마리야?"

"프로슈토 햄에 돼지 한 마리, 살라미에 또 한 마리."

"아, 그래? 그럼 나는 '대량 학살' 스페셜로 할 테니까 너는 '세상에서 내가 제일 잘났어' 라지 사이즈로 해."

다비드가 번호를 누르는 동안 코리나는 담배를 꺼내 말했다.

"네, 안녕하세요……. 저…… 그러니까…… 피자 한 판 주문하려 하는데요. 아니, 두 판이요. 두 판은 복수니까 이탈리아어로는 '피자'가 아니라 '핏제'라고 발음해야 하나요?"

코리나는 다비드의 말을 듣고 눈을 한 바퀴 굴렸다. 이탈리아로 휴가를 다녀오거나, 평생교육원에서 '이탈리아어 입문' 수업 따윌 듣고 피자 가게 직원을 상대로 이탈리아어를 써먹으려 하는 사람들은 진짜 최악이었다. 다들 이탈리안 식당에는 이탈리아인이 일할 거라고 생각하지만 대부분은 터키나 체첸 공화국 출신이다. 카발리노 사장은 어쩌다 진짜 이탈리아 출신이긴 해도. 그래도 다비드가 최악이라는 사실은 변하지 않았다.

"하하…… 그렇군요……. 배달요……. 네, 배달해

주세요……. 하나는 채식 피자요……. 아, 그리고 아티
초크는 통조림을 쓰시나요? 맞아요? 아…… 그럼 아티
초크는 빼주세요. 그리고 치즈도 빼주세요. 혹시 훈제 두
부 있나요? 두부요! 아, 두부 없어요? 그럼, 혹시 가능하
다면 마늘을 빼주실 수도 있나요? 혹시 안 되면 조금 덜
넣어 주시거나, 왜냐하면……."

통화를 듣고 있자니, 코리나의 인내심은 점점 한계
에 다다르고 있었다. 요구 사항이 많으면 되도 않는 이탈
리아어는 하지 말든가. 다비드는 자신의 실력을 자랑하
고 싶은 것처럼, 같은 문장을 독일어로 말한 다음 굳이
이탈리아어를 사용해 한 번 더 말하고 있었다. 그녀는 다
비드 같은 부류의 사람들을 잘 알았다. 아주 오랫동안 심
사숙고하다가 마침내 아무것도 남지 않을 때까지 피자
토핑을 계속 덜어 내는 사람들. 결국 코리나는 그의 손에
서 핸드폰을 낚아챈 뒤 유창한 이탈리아어로 말했다.

"안녕하세요, 저 코리나예요. 피자 두 판 보내 주세
요. 저 원래 먹던 대로, 알죠? 거기에 프로슈토를 잔뜩,
살라미랑 베이컨도 잔뜩 추가해 주세요. 맞아요, 고기 왕
창 쌓아 주시고 또 하나는 아무것도 안 올린 피자에 마늘
이랑 페페론치노를 추가해 주세요. 네, 분위기를 달아오
르게 하려면 매운 음식이 최고죠. 그리고 와인도 두 병

이요. 바르돌리노로요. 네, 상황 나아지면 곧 봐요. 감사해요!"

코리나가 다비드에게 핸드폰을 돌려줬다.

"너 카발리노 알아?" 집 주소를 불러 주고 전화를 끊은 다비드가 놀란 기색으로 물었다.

"조금." 코리나가 답했다.

"어떻게 알아?"

"거기서 일해."

"뭐라고?"

"너 나 본 적 없어? 쟁반이랑 그릇 들고 이 테이블, 저 테이블 돌아다니는 친절하고 평범한 웨이트리스."

"그렇게 자주 가는 가게는 아니어서."

"봤는데 기억 못 하는 걸 수도 있고."

"그런데 프로필에는 아티스트라고 적지 않았어?"

"아티스트? 아니야, 웨이트리스라고 썼어."

"아, 나는 아티스트로 봤어. 그래서 흥미 있다고 생각했고……."

"웨이트리스한테는 흥미 없다는 얘기야?"

"아니야, 그런 뜻은 아니야!"

"담배는 어디서 피우면 돼?" 코리나가 물었다.

다비드는 코리나가 정말 밑도 끝도 없이 화제를 바

꾼다고 생각하며 나지막이 말했다. "꼭 피워야겠다면 발코니에서 피워."

코리나는 발코니로 나가 담배에 불을 붙였다. 재떨이나 그 비슷한 것을 찾다가 포기한 다비드는 부엌에서 빈 유리병을 들고 나와 코리나에게 내밀었다.

"이걸 재떨이로 써."

"필요 없을 것 같은데? 저 아래 길에다가 털어도 되잖아."

말을 내뱉는 동시에 코리나는 자신에게 짜증이 났다. 나 말을 왜 이렇게 하는 거지? 평소에 담배를 길에 버리지도 않으면서. 사실 그녀는 고기를 먹지 않는 사람들을 존경했고, 담배도 오래전부터 끊을 작정이었다. 적어도 줄이기는 해야겠다고 다짐한 참이었다.

그새 다비드는 핸드폰을 들여다보며 말했다. "여기 이렇게 쓰여 있어. 아티스트."

"그렇다면 그건 오타야." 코리나가 거실로 담배 연기를 뱉으며 말했다.

"다른 사람들이 자기소개란에 스킨십이나 로맨틱한 저녁, 새벽녘 해변 산책에 대해 쓰는데, 너는 좀 달랐어." 다비드는 신경 쓰지 않는 척하면서 프로필을 계속 읽었다. **에드워드 호퍼를 모른다면 다른 프로필로 넘어가**

세요.

"그랬지."

"예술에 관심이 있구나?"

"그건 그냥 사람을 거르려는 필터 같은 거야. 에드워드 호퍼도 모르는 사람이랑 내가 뭘 하겠어? 호퍼는 꽤 괜찮은 필터거든. 무슨 말인지 알겠어?"

"그걸 읽고 네가 궁금해졌어."

"넌 호퍼가 누군지 아니까 그랬겠지."

다비드는 잠시 고민한 뒤, 이번에도 솔직하게 말하기로 결심했다. 거짓말을 해서 좋을 것도 없어 보였다.

"사실, 부끄럽지만 호퍼가 누군지 나도 몰랐어. 그래서 구글로 찾아봤지. 그러고는 더 호기심이 생겼고."

"왜?"

"작품에…… 감동받았거든."

"진심이야?"

"그림에 대해선 별로 관심이 없는 편인데…… 그 사람 그림은 달라 보이더라."

"그래서 뭐가 마음에 들었는데? 만약 존재론적 고독을 그린 화가 어쩌고저쩌고할 거면 집어치우고."

그녀는 담배꽁초를 유리병에 던지고선 보드카를 잔에 부었다. 다비드는 또 코리나의 마음에 들지 않는

답을 하게 될까 봐, 이번엔 먼저 화제를 바꾸기로 결심했다.

"너 카발리노에서 일한다면서 왜 거기서 만나자고 안 했어? 거기로 오라고 해도 되잖아?"

"처음 만나는 건데 조용한 데서 보고 싶었어."

"만약 네가 근무 중일 때 내가 카발리노에 갔어. 너는 내가 마음에 들었고. 그럼 어떻게 할 거야?"

"그럼 서비스로 티라미수를 주면서 '나 곧 있으면 끝나'라고 말하겠지."

"그래도 난 널 못 알아봤을 것 같아."

"사람들은 내 프로필 사진에서 머리카락만 보더라고." 코리나가 웃으며 말했다.

"나는 네 머리카락이 마음에 들어"

"고마워."

처음으로 두 사람 사이에 침묵이 흘렀다. 코리나는 '머리카락이 마음에 들어'라는 짧은 한마디가 불러온 이 감정을 그냥 흘려보내고 싶지 않았다. 오랜만에 느끼는 감정이었다. 그래서 코리나는 아무 말 없이 손가락 한 마디만큼 보드카를 따르고 들이켰다.

"그러면 넌 내 어떤 점이 마음에 든 거야? 'David19' 말고는 없어? 거기엔 네가 생각하는 것만큼 큰 의미는 없으니까. 그러니까 내 말은, 뭐라도 하나 더 있어야 우리가 뭘 좀 더……."

"아주 사소한 포인트가 하나 더 있어. 굉장히 사소해." 코리나가 답했다.

"어떤 건데?"

"아, 사실 굉장히 사소한 포인트 두 개다."

"대체 뭔데……."

"너 음악가라며, 그렇게 썼잖아."

"응."

"한 곡 연주해 줄래?"

"뭐?"

"에드워드 호퍼와 어울리는 곡으로."

그녀의 말과 동시에 다비드는 한 작곡가를 떠올렸고 자신의 직감을 믿어 보기로 했다. 「짐노페디Gymnopédie」 2번이 좋을지 아니면 「그노시엔느Gnossienne」 3번이 좋을지 잠시 고민하다가 「그노시엔느」로 가기로 했다. 호퍼와 잘 어울리기도 하고, 음울하고 미스터리한 도입부가 특히 멋진 곡이었다. 다비드는 연주를 감상하는 코리나가 얼마나 경건한 태도를 보이는지 관찰했다. 코리나의 표정은 서서히 부드럽게 풀어지더니, 마침내 천사 같은 얼굴이 됐다. 지금까지는 아무리 선의를 가지고 들여다

봐도 발견할 수 없던 표정이었다. 마지막 화음에서 손을 뗀 뒤, 그는 그녀를 바라봤다.

"곡 좋다." 그녀가 짧게 말했다.

"호퍼랑 어울리는 것 같아?"

"응, 정말 잘 어울려."

"그런데 에릭 사티가 이 곡을 썼을 때 호퍼는 아직 어린아이였어."

"어떻게 알아?"

"나는 음악을 가르치니까."

"아, 선생이구나."

"별로야?"

코리나는 고민했다. 당연히 음악가는 매력적이었 지만, 음악 선생은 좀 별로……. 하지만 모든 게 편견일 뿐이다. 둘 다 까다로울 수도, 허우대만 멀쩡할 수도 있 으니까. 고민 끝에 코리나가 말했다.

"아니, 나쁘지 않아."

얘가 갑자기 정상이 됐네. 다비드는 생각했다. 비꼬 지 않다니, 이것이 바로 음악의 힘인가!

"그런데 왜 음악 선생이라고 안 썼어?" 이번엔 코리 나가 캐물었다.

"직업란에 교사라고 쓰면 사람들이 그냥 넘긴다는

글을 읽은 적이 있어서 그냥 음악가라고 썼어. 사람들이 두 번째로 많이 넘기는 이유래." 다비드가 답했다.

"그럼 첫 번째는 뭐야?"

"프로필에 아내와 아이들과 함께 찍은 사진을 올리는 거."

"이제 알겠다. 너 사실 결혼해서 애도 둘 있는 거 맞지?" 코리나가 갑자기 목소리를 높였다. 그 말에 다비드는 말없이 웃었다. 코리나는 보드카를 한 모금 더 마시고 말했다. "제발 그것만은 아니라고 해! 제발!" 코리나의 말이 조금은 애절하게, 조금은 절박하게도 들렸다.

"아니야. 절대 그런 일은 없어." 잠시 말을 멈춘 뒤 다비드가 덧붙였다. "너는 프로필에 운동하는 사진이나 휴가에서 찍은 사진은 안 올렸더라. 그래서 더 특별하다고 생각했어."

"그건 그냥 내가 운동을 안 하고, 돈이 없어서 휴가를 못 갔기 때문이야."

"프로필에 쓴 것 중 이 말도 멋졌어." 다비드가 틴더에 적힌 대로 읽었다. **채팅만 하는 것도 완전 괜찮아요.**

"다 부질없어. 뭐가 됐든 '이 시국'엔 말이야. 다비드, 네가 보기엔 어때? 이번에 진짜로 뭐가 터질 거 같아? 정말로 심각한 거?" 코리나가 한숨을 쉬며 말했다.

그녀는 발코니 쪽으로 가서 아래를 가리켰다. "봐봐. 꼭 유령 도시 같잖아? 혹시 우리가 인류 역사상 데이트를 하는 마지막 인간들이 아닐까? 어찌 됐든 오늘이 지나면 우리도 외톨이가 되는 거고 말이야."

순간 다비드는 코리나의 어깨를 감싸고 토닥여 주고 싶은 마음이 들었다. 하지만 그녀가 어떻게 받아들일지 몰라서 그냥 이야기했다.

"그래. 우리도 호퍼의 그림 속 사람들처럼 되겠지."

그때 초인종이 울렸다. 다비드가 문을 열자 프란체스코가 피자 두 판과 와인 두 병을 들고 들어왔다. 그는 다비드와 악수를 하고, 코리나에게 성큼성큼 다가가 왼쪽과 오른쪽 뺨에 볼 키스를 했다. 그러고는 다정한 이탈리아어로 인사했다.

"안녕, 코리나! 지금 상황이 좀 안 좋긴 하지만, 곧 괜찮아질 거야. 기다려 보자고……. 그럼, 좋은 시간 보내!" 그러고선 덧붙였다. "남자애 괜찮아 보인다!"

그가 나가려는 걸 코리나가 붙들었다. "계산해야지."

"아, 계산, 계산. 오늘은 서비스야, 코리나!" 그가 찰랑찰랑한 악센트로 말했다.

"하지만, 프란체스코……."

"고맙다고 할 거 아니면 아무 말도 하지 마! 코리나

안녕! 젊은이도 안녕!"

"고마워요!"

그 둘 옆에 다소 당황스러운 표정으로 서 있던 다비드도 덩달아 그에게 "고맙습니다"를 연발했다.

"네 친구 말이야, 고향이 밀라노 쪽은 아닌가 봐?"

"이탈리아 사람이라고 다 패션에 관심이 많은 건 아니거든? 편견을 좀 버려! 그리고 친구 아니고 사장님이야."

"그래……. 그런데 왜 와인이 두 병이야?"

"사람이 둘이니까 와인도 두 병이지. 그건 기본이잖아." 코리나가 답했다.

"글쎄, 나는 한 잔이면 되는데……." 다비드가 웃으며 말했다. 와인은 그의 취향이 아니었다. 대학생 때는 가끔 저녁에 맥주를 한 잔씩 마시곤 했다. 하지만 주변 사람은 물론 자기까지 취해서 흐트러진 상황을 몇 번 겪은 후로는, 굳이 독하게 마음먹지 않아도 자연스럽게 술을 멀리하게 됐다.

"언제까지 피자를 들고 서 있을 거야? 어디서 먹을까? 저기 저 식탁?" 코리나는 그에게서 피자를 빼앗아 식탁에 올려놓은 뒤, 부엌으로 가서 첫 번째 서랍에서 와인 오프너를 찾아냈다. 그녀는 처음 온 부엌에서도 단번에 와인 오프너를 찾아낼 정도로 직감이 뛰어났고, 와인을 따는 솜씨도 능숙했다. 그새 다비드는 잔 두 개를 식탁에 올려놨다. 상표도 떼지 않은 잔이었다.

"이건 좋아서 붙여 놓은 거야? 아니면 사놓고 한 번도 안 쓴 거야?" 코리나가 물었다.

"잘 모르겠어. 한 번 썼던가? 모르겠네." 다비드가 솔직하게 말했다.

코리나는 스티커를 떼고 와인을 한 잔 따른 다음 다비드의 손에 쥐여 줬다. 다비드가 떨떠름한 표정을 짓자 코리나가 말했다.

"그런 표정 좀 짓지 마. 안 마셔도 돼. 건배하고 피자 한 조각 먹고 나면 나는 갈 거니까!"

그 말에 다비드가 웃으며 말했다. "아, 그래……. 그럼, 건배."

"건배!" 코리나가 외쳤다.

그리고 그것이 그녀가 기억하는 그날의 마지막 장면이었다.

1일차 : 숙취

눈을 뜬 다비드가 지금 어디에 있는지 깨닫기까지는 시간이 좀 걸렸다. 잠시 후 그는 자리에서 일어나 머리를 절레절레 흔들며 중얼거렸다. "할렐루야." 그리고 부엌으로 가서 커피를 내렸다.

눈을 뜬 코리나가 지금 자기가 누구인지를 깨닫기까지는 시간이 좀 걸렸다. 그녀는 안간힘을 다해 몸을 일으키려 했지만 번번이 실패했다. 그러다 겨우 몸을 일으켜 침대 모서리에 앉는 데 성공했다. 그런데 이게 누구 침대더라……. 아, 이런. 코리나는 제일 먼저 팬티를 입고 있는지 확인했다. 입고 있었다! 머리도 목 위에 잘 달려 있나 조심스레 손으로 더듬어 봤다. 아, 잘 달려 있구나. 그녀의 상반신에서 가장 중요한 머리카락도 잘 붙어 있었다. 그런데 이 자식은 어디에 있는 거지?

그녀는 사방을 두리번거렸다. 침대에 다비드는 없었다. 코리나는 후다닥 이불을 뒤집었다. 흔적이 남아 있을까? 얼룩? 콘돔? 콘돔은 보이지 않았다. 코리나는 침대 옆에 있는 휴지통을 들여다봤다. 휴지통이 텅 비어 있다는 걸 확인함과 동시에 구역질이 올라왔다. 기억에 남은 마지막 장면도 스멀스멀 올라왔다. 피자……. 그래, 고기를 산더미처럼 올린 피자를 시켰지. 헛구역질을 했지만 다행히 나오는 것은 없었다. 어젯밤에 다 토했나? 와인 몇 잔에 내가 이렇게 망가지다니 말도 안 돼! 하늘이시여, 도대체 어젯밤엔 무슨 일이 있었던 건가요?

코리나는 욕실로 가서 세수를 하고, 붕 뜬 머리에도 물을 묻혔다. 거실로 가보니 민소매 티셔츠를 입은 다비드가 척 봐도 무거워 보이는 아령을 들고서 운동을 하는 중이었다. 힘줄이 튀어나온 이두박근은 꼭 해부학 교과서에서 튀어나온 것 같았다. 저 근육 덩어리가 나를 안았을까? 어루만지고?

다비드는 이제 막 마지막 세트를 시작한 참이었다. 그래서 코리나를 발견하고도 거친 숨을 내쉬느라 아무 말도 하지 못했다. 그는 최선을 다해 코리나를 향해 미소를 지으려고 애썼다. 그때 피아노 위에 놓인 그녀의 핸드폰이 울렸다.

"좋은 아침!" 코리나는 명랑해 보이려 애쓰면서 큰 소리로 인사했다. 다비드는 그 소리가 꼭 까마귀 울음소리 같다고 생각했다.

"좋은 아침이야." 그는 아령을 바닥에 내려놓고 숨을 몰아쉰 다음 인사했다. 그러고는 그녀가 미소라도 지어 주길 바라는 표정으로 바라봤다.

"저기, 미안한데, 나는 커피를 안 마시면 정신을 못 차려서 아무것도 못 하거든." 코리나가 말했다.

"저런…… 그것참……." 다비드가 미소 띤 얼굴로 약간 뜸을 들이며 말했다.

"커피는 어디 있어? 찾으러 가지도 못하겠어."

"그럼, 나한테 커피 내려 달라고 부탁 한번 해볼래?" 다비드가 물었다. 코리나는 잠시 생각했지만 달리 뾰족한 수는 없었다.

"커피 좀 내려 줘. 부탁이야."

"네가 나한테 부탁을 다 하고, 꿈에도 생각 못 할 일이네. 그건 그렇고, 너 아직 살아 있는 게 신기하다. 속은 괜찮아?"

그의 놀림을 받으며 코리나는 그의 모든 행동이 연기고 속임수일지도 모른다고 생각했다. 침대 옆 휴지통이 비어 있는 것도. 저 녀석은 매일 아침 휴지통부터 비우는 사람일지도 몰라.

"내가? 왜? 무슨 일 있었어?" 코리나가 말했다.

다비드는 부엌으로 가는 길에 무심한 듯, 한마디를 툭 던졌다.

"뭐, 혹시나 해서, 어젯밤 일 때문에⋯⋯."

거실에 홀로 남겨진 코리나는 다시 흔적을 찾아 나섰다. 쿠션과 소파를 뒤집어 보고 담요 냄새도 맡아 봤지만, 눈에 띄는 건 아무것도 없었다. 문 쪽으로 눈길을 돌리자 병들이 보였다. 그녀는 그 병을 하나씩 들어 모두 비어 있는 것을 확인했다. 보드카 병마저도. 어쩌자고 보드카 병까지 깨끗이 비운 거지? 속이 다시 울렁거렸다. 다비드가 커피를 건넬 때, 코리나는 아무 일도 없던 것처럼 자세를 고쳐 앉았다. 절대 저 녀석이 눈치채게 해선 안 돼! 다비드가 그녀의 손에 잔을 쥐여 줬다.

"고마워."

"네 핸드폰 계속 울리더라."

"음⋯⋯."

"엄마가 세 번, 그리고 모르는 번호로 열일곱 번 정도 전화가 왔었어."

"내 핸드폰을 본 거야?"

"저렇게 아무 데나 던져 놨잖아. 아침 7시 반부터 시끄럽게 계속 울리는데 어쩌라고."

"그러니까 넌 7시 반에 일어났다고?"

"학교에 가야 하니까. 그러니까 내 말은 학교로 출근을 했어야 한다고. 만약⋯⋯."

"만약, 뭐?"

"세상이 이렇게 뒤집어지지만 않았다면."

그 말에 코리나의 눈빛이 복잡해졌다. 세상이 뒤집어지다니? 그녀는 일단 그 말의 진의를 알아내야만 했다. 그래서 실마리를 찾으려 애썼다.

"그래도 우리 어제 꽤 일찍 잔 거 같아서 다행이네."

"뭐, 그거야 받아들이기 나름이지." 다비드가 웃으며 말했다.

"무슨 뜻이야?"

다비드는 그녀가 정말로 아무것도 모르고 있음을 눈치챘다. 그래서 그녀가 당황하는 모습을 조금 더 즐기기로 했다.

"'우리'라는 말과 '자다'라는 말을 어떻게 이해하느냐에 따라 다르다는 뜻이야."

"그래, 내 말이 바로 그거야." 코리나는 맞받아치면서 거기에 특별한 힌트는 없다는 걸 알아챘다. 그녀는 그의 표정을 읽으려고 애썼지만, 그는 그저 다정하게 그녀를 바라볼 뿐이었다.

"엄마한테 전화 드려야 하는 거 아니야?"

"집에 가면서 할게."

"혹시 엄마한테 무슨 일 있는 건 아닌지 걱정은 안
돼?"

"우리 엄마는 나랑 나이가 비슷하거든!"

그는 무슨 말인지 알아듣지 못하고, 그저 그녀가 숙
취 때문에 헛소리를 하는 것이라 생각했다.

"그럼 다른 전화는?" 피아노 쪽으로 간 다비드가 핸
드폰 액정을 보면서 말했다. "부재중전화 열두 건!"

"저장 안 된 번호라고?" 코리나는 대체 무슨 일이
생긴 건지 생각할 힘도 없었다.

"오전 5시 5분부터 전화를 하더라."

코리나는 핸드폰을 받아 들었다. "부재중전화 열두
건. 아침부터 이게 무슨 일이야?"

"이제 점심이야." 다비드가 건조하게 말했다.

코리나는 핸드폰 화면을 한 번 보고선 소파 위로 내
던졌다. 무슨 일인지 몰라도 나중에 처리하기로 했다. 아
니면 처리하지 않거나. 다시 속이 울렁거렸다. 세상이 아
니라 자신의 속이 뒤집어져 있었다. 뭘 좀 먹으면 낫지
않을까? 그래, 뭘 좀 먹고 이곳을 떠나자!

"나 배고파. 아니다, 배는 안 고프지만 뭘 좀 먹어야 할 것 같아."

"네 피자 거의 그대로 남아 있어." 다비드가 말했다.

"진짜?"

"그것도 기억 안 나?"

"어…… 기억나……. 좀 더 먹었어야 했는데."

"너 그 피자 보자마자 물렸던 것 같아."

"물려?"

"햄이랑 소시지, 베이컨이 산더미처럼 쌓여 있었으니 질릴 만도 했지. 도우 위에 고기가 올라간 그 피자, 상자째로 문 앞에 뒀어. 집에 가서 데워 먹으면 될 거야."

코리나가 고통스럽게 얼굴을 찌푸리며 말했다. "어, 그래, 잘됐네, 그런데 혹시…… 달걀 있어?"

"그 얘긴 어제 다 했잖아." 다비드는 생각했다. 정말 하나도 기억을 못 하다니, 어이없네.

"무슨 얘기를 했더라?" 코리나가 관심 없는 척 물었다.

"뭐?"

"우리가 달걀에 대한 얘길 했었어?"

"그래, 네가 어제 반숙은 좋아하지 않는다고 말했잖아."

"아, 그거……." 코리나가 입술을 꽉 깨물었다.

"그리고 어떤 달걀을 좋아하는지도 얘기했었어."

"아, 그래. 반숙이 아니면 어떤 걸 좋아한다고 했더라? 스크램블?"

"무정란."

코리나는 유쾌하게 웃었지만, 사실은 울고 싶었다. 웃느라 힘이 들어간 배가 아팠고, 그런 말이 자기 입에서 나왔단 사실에 괴로웠다.

"내가 그랬어?" 그녀가 괜히 재미있는 척하며 말했다. "나답지 않은 말을 했네! 그리고 나서…… 우리가 자러 갔구나." 두 번째 시도였다.

"흐음." 알쏭달쏭한 대답이 돌아왔다.

"'흐음'이 무슨 뜻이야?" 코리나는 서서히 인내심을 잃어 가고 있었다.

"'흐음'은 '어젯밤이 그렇게 끝났을 거라 짐작하다니 재미있네'라는 뜻이야." 다비드가 대수롭지 않게 말했다.

"사람 갖고 놀지 마."

"네가 먼저 어설픈 수작 부렸잖아!"

코리나는 전략을 바꿔 보기로 했다. "설마 내가 진짜로 아무것도 기억 못 한다고 생각하는 건 아니지?"

다비드는 별말 없이 빈 술병들만 쳐다봤다. 코리나는 문득 자기가 속옷만 입고 앉아 있는 게 창피하게 느껴졌다. 코리나와의 기 싸움에 흥미가 떨어진 다비드는 다시 아령을 들고 운동을 하기 시작했다. 좀 전보다 거만해진 태도와 함께.

"네가 내 술에 약을 탄 거네."

코리나는 다비드 탓으로 돌렸다. 위협적으로 소리치려고 했지만, 목소리가 갈라져서 꺽꺽거리기만 했다. 그녀의 비난에 돌아온 것은 '우지끈' 하는 소리뿐이었다. 다비드의 근육이 갑자기 위협적으로 보였다. 어쩌면 이런 놈은 건드리지 않는 게 나을지도 몰랐다.

다비드는 '약'이란 단어를 듣자마자 다리가 풀려서 하마터면 아령을 떨어뜨릴 뻔했다.

"뭐라고?"

"네가 내 술에 약 탔다고! 그렇지 않고서야 모든 게 설명이 안 되잖아!"

"이제 그만하자. 내가 어제 너한테 어떻게 했는지 알면 절대 그런 말 못 할 거야. 무슨 그런 말도 안 되는 억지를 쓰고 있어." 다비드가 아주 차분하게 말했다.

다비드의 말에서 진심이 느껴지는 바람에 코리나는 자기가 한 말이 부끄러워졌다.

"나 좀 어지러워." 그녀가 숨을 몰아쉬며 화제를 돌렸다. "상태가 안 좋아. 병에 걸렸나 봐. 그 망할 바이러스에."

"그만해. 그런 걸로 농담하면 안 돼."

"나 열나?"

다비드가 코리나의 이마를 짚었다.

"정상보다도 낮은 것 같은데."

"하지만 나…… 숨 쉬기가 힘들어." 코리나가 신음하듯 말했다.

"마리화나를 그렇게나 피웠으니까 그렇지." 다비드가 무미건조하게 대꾸했다.

"내가 뭘 피웠다고?"

"마리화나. 엄청 크게 말아서 피우더라. 만약 옆집 창문이 열려 있었으면 그 집 사람들도 다 골로 보내 버릴 만큼 피웠어."

"뭐?" 코리나가 욕지거리를 내뱉으며 침실로 들어가 바지를 들고 나왔다.

"내가 그 정도면 몇 주 치는 될 양이라고 했는데도 그냥 한 방에 다 피우더라."

코리나가 바지 주머니에서 구겨진 알루미늄포일 조각을 꺼냈다.

"그거 정말 몇 주일 치란 말이야! 맙소사, 주여! 내가 돌았나 봐." 그녀는 바지를 내던지고 소파에 벌러덩 드러누웠다. "젠장, 젠장, 한동안 이런 일이 없었는데. 왜 이런 짓을 한 거지?"

"그거 질문이 아니고 푸념이지?" 다비드가 능청스럽게 물었다.

"그래. 근데 혹시 너 내가 왜 그랬는지 알면……."

다비드가 잠시 생각에 잠겼다가 입을 뗐다. "음, 너는 자기 자신에게서 불안을 느끼는 것 같아."

"불안? 내가?" 코리나는 농담조로 웃어넘기려 애썼지만 다비드는 진지하게 말했다.

"그래, 불안. 불안하고 슬퍼."

"슬프다고?" 코리나는 곧 최악의 순간이 다가올 것 같은 예감에 두려워졌다.

다비드는 코리나의 바지를 단정하게 갠 다음 소파에 올려놓으며 말했다. "네가 어제 털어놓은 모든 얘기들이 너무 슬프게 들렸어."

"시발, 내가 도대체 무슨 얘길 한 거야?"

"원래는 가수가 되고 싶었는데……." 다비드는 그 문장의 끝을 맺지 못했다. 코리나가 자기 귀를 두 손을 막으며 소리쳤기 때문이다.

"아니야! 아니야! 내가 그런 얘기를 했을 리가 없어! 말도 안 돼!"

"그리고 그림에 대한 열정도 있었고, 그래서 노력을⋯⋯."

다비드가 무시하고 계속 말을 이어 나가자 코리나는 더 큰 목소리로 외쳤다.

"아니야, 아니야⋯⋯. 나는 아니야⋯⋯. 내가 그랬을 리 없어⋯⋯. 그런 말 한 적 없어!"

다비드가 유감스럽다는 듯 어깨를 으쓱했다. 코리나는 엎드려서 얼굴을 소파에 파묻었다.

"왜 그냥 집에 가지 않았을까?" 그녀가 흐느끼며 말했다.

"걷지도 못하는 상태였으니까."

"하늘이시여, 어떻게 이런 일이 있을 수가 있나요!"

코리나가 자리에서 벌떡 일어나 침실로 가더니, 남은 옷가지를 전부 챙겨 나와서 허둥지둥 껴입었다. 그녀는 당장 여기서 사라져야 했다. 집에 가야 해, 집에 가야 해. 그것도 최대한 빨리. 코리나가 황급히 말했다.

"좋아, 야코프. 이제 여기서 마무리하자."

"내 이름은 다비드야." 다비드가 지적했다.

"알아, 다비드. 그냥 농담한 거야. 자, 우리는 만난

적도 없고, 본 적도 없고, 같이 피자를 먹은 적도 없고, 와
인과 보드카를 같이 마신 적 없어. 특히 나는 마리화나
를 피운 적이 절대 없어. 그리고 나는 너에게 그 어떤 얘
기도, 단 한마디도 한 적이 없는 거야! 특히 슬픈 얘기는
절대 하지 않았어. 절대로! 혹시 내가 말했다 치더라도
지금부터 나는 싹 다 잊을 테니까, 너도 모든 걸 싹 다 잊
는 거야. 알았지?"

"정말 더할 나위 없이 깔끔한 정리네. 어쨌든 나한
텐 흥미로운 경험이었어."

"너는 내가 취한 걸 이용한 거야!"

"나는 그냥 얘기를 들어 줬을 뿐이야!"

코리나는 토기를 참으며 신발 끈을 묶었다.

"자, 나는 이제 가볼게. 그리고 너는 이제부터 나를
잊어!"

"코리나, 나는……."

"내 이름도 잊어야 해!"

"나는……."

"너는 뭐? 아직 뭐가 더 남았어? 너는 내가 제정신
이 아닌 걸 악용했어. 그리고 너는…… 우리는……. 다
비드! 나는 그런 걸 원한 게 아니야! 그러고 싶지 않았
다고!"

코리나가 다비드의 어깨를 잡고 흔들었다. 아니, 흔들려고 애썼다.

"그래, 알았어. 이제 정말로 네가 가야 될 때가 된 것 같다."

"이미 가고 있거든! 앞으로 메시지 보내지 말고 전화도 하지 마. 다시는 네 목소리 듣고 싶지 않으니까!"

"걱정 마. 나도 이제 평화를 되찾을 수 있어서 너무 기쁘니까."

코리나가 문밖으로 나가려고 몸을 돌렸을 때, 다비드가 그녀를 불렀다.

"핸드폰. 핸드폰 갖고 가야지. 그리고 제발 피자도 가지고 가. 빈 병도. 건물 뒤에 재활용 쓰레기통이 있어."

코리나는 피자 상자를 들고 그 위에 빈 병을 대충 쌓았다.

"그리고 엄마한테 전화하는 거 잊지 마."

네가 상관할 일이 아니라고 생각했지만 코리나는 인사만 했다.

"갈게!"

이제 막 문을 열고 나가려던 코리나의 퇴장은 갑자기 울린 초인종 소리에 저지당했다. 코리나는 그 자리에서 얼어붙었다. 다비드가 현관으로 가서 문을 열자, 방호복을 입은 남자가 집으로 들어왔다. 코리나는 여전히 꼼짝하지 않고 있었다. 뭐지? 장난하는 건가? 이게 무슨 상황이지?

수술 중인 외과 의사처럼 보이는 남자가 그녀 앞에 신분증을 내밀었다. 보호 장비 때문에 그의 목소리가 흐릿하게 들렸다.

"보건소에서 나왔습니다." 그가 자기소개를 했다. "아, 이거로군요. 그 피자가……." 그가 손에 들고 있던 종이 한 장을 들여다보며 물었다. "코리나 크리글러 씨?"

코리나는 패닉 상태였다. 자신의 이름이 불리고 나서야 "네?" 하고 겨우 입을 뗐다.

"왜 전화도 받지 않고 문자메시지에 답도 하지 않으셨나요?" 보건소에서 나온 남자가 물었다. "피자 가게에 주소가 남아 있어서 겨우 귀하의 소재를 확인할 수 있었습니다. 귀하에게는 지금부터 십사 일간 자가 격리의 의무가 있음을 통보합니다."

"네? 농담하는 거죠? 다비드, 너도 뭐라고 말 좀 해봐." 코리나가 우물거리며 말했다.

"밤새 세상이 뒤집어졌어. 진작 말해 주려고 했는데……."

"맞아요. 세상이 뒤집어졌습니다. 여기 보건복지부에서 발급한 격리 통지서 드리겠습니다." 남자가 한숨을 쉬며 말했다.

그는 코리나에게 종이 한 장을 내밀었지만 그녀에겐 받을 손이 없었다. 그래서 다비드가 두 장을 다 받았다.

"당연히 자가 격리는 남성분에게도 적용됩니다. 두 분 다 여기, 이 집에서 십사 일을 머물러야 합니다. 집 밖으로 나가는 것은 어떤 경우에도 허락되지 않습니다."

코리나는 무슨 말인지 전혀 알아들을 수가 없었다. 이런 일은 태어나서 처음이었다. 비슷한 일도 일어난 적 없었다.

"네, 알았어요. 하지만 일단은 엄마 집으로 간 다음, 격리를 시작할게요." 차분해진 목소리로 그녀가 말했다.

남자가 짧고 크게 웃었다. "엄마한테 간다고요? 안타깝게도 지금부터 이 집에서 한 발짝도 나갈 수 없습니다. 두 분 다 이 주간 여기 있는 겁니다. 보건소에서 두 분을 계속 모니터할 거고요. 자가 격리 의무를 위반할 경우 3600유로의 벌금이 부과됩니다. 그리고 크리글러 씨도 본인 때문에 어머니께서 돌아가시는 걸 원치 않으리라

확신합니다만."

"돌아가신다고요?" 코리나는 도대체 무슨 말인지 이해할 수가 없었다.

"이게 다 무슨 일입니까?" 마침내 다비드가 입을 열었다.

"어제 카발리노에서 피자 주문하셨죠?" 보건소 직원이 물었다.

"네." 다비드가 답했다.

"그 피자를 카발리노 사장인 프란체스코 디 키아라 씨가 가져왔고요."

"네." 이번엔 코리나가 답했다.

"키아라 씨가 코로나바이러스 검사를 받았고, 양성 반응이 나왔습니다. 말하자면 키아라 씨가 코로나에 걸려 생활치료센터에 격리됐습니다."

"이런 젠장." 거친 말을 내뱉은 다비드에게는 지금 일어난 일을 이해하기까지 약간의 시간이 필요했다. 그는 손에 쥔 종이를 단숨에 읽어 내렸다. 감염병의 예방 및 관리에 관한 법률에 따라…… 감염병환자 등과 접촉하여…… 코리나 크리글러…… 다비드 빈터…… 격리 기간…… 십사 일……. 거기에 찍힌 모든 도장과 서명은 진짜였다. 장난이 아니다…….그 말은 즉…….

"젠장!" 통지서가 말하는 바를 완전히 이해하고 나서 다비드는 다시 한번 욕을 내뱉었다. 그는 놀란 눈으로 서 있는 코리나를 쳐다봤다. 방금 전까지 코리나는 다비드로부터 영원히 사라져서 지난밤의 모든 수치를 잊으려고 했다. 그런데 앞으로 이 주를 이 낯선 사람과 함께 보내야 한다니!

방호복을 입은 남자가 어깨를 으쓱했다. 그가 마스크 사이로 위로의 말을 건넸다. "십사 일 금방입니다. 잘해 보세요!"

2일차: 사망률

처음엔 오로지 충격뿐이었다. 이 상황이, 난생처음 듣는 자가 격리라는 것이, 그 무리한 의무가. 개인의 인생에 국가가 이토록 대대적으로 간섭해도 되는 건가? 코리나가 다비드에게 물었다. 그는 그저 국가는 이전부터 개인의, 우리 모두의 인생에 간섭해 왔다고 답할 뿐이었다. 다른 사람들의 인생을 보호하기 위해 국가는 그럴 수밖에 없다고. 그 말을 듣는 코리나는 속이 메스꺼웠다. 지치지도 않고 반복되는 '국가의 강제성'에 대한 역겨움보다는 주야장천 그녀를 붙들고 놔주지 않는 숙취 탓이었다.

다비드는 코리나에게 인간은 적응력이 아주 뛰어난 생물이라고, 세상에서 가장 적응을 잘 하는 종은 쥐고 그다음이 인간이라고 설명했다. 우리 인간이 북극과 사

하라 혹은 우주정거장에서도 살 수 있는 것은 뛰어난 적
응력 덕분이라고 했다. 그러니 중부 유럽 한 도시의 20평
짜리 아파트에서도 충분히 살아남을 수 있을 거라고 했
다. 하지만 그 말에도 코리나의 눈빛은 회의적이었다. 그
리고 그 눈빛은 다비드로 하여금 그녀는 둘째 치고 자기
자신이 과연 격리 생활을 견딜 수 있을지 의심하게 만들
었다.

다비드는 먼저 직장에 전화를 걸어 자기는 아무 증
상도 없다고 설명하고, 원하는 학생이 있다면 당연히 온
라인 수업을 진행하겠다고 약속했다. 다음은 도시 외곽
에서 전원생활 중인 부모님에게 전화를 걸었다. 그의 부
모님은 평소처럼 여유롭고, 다정하고, 낙관적이었다. 코
리나는 메슥거리는 속을 달래면서 그들의 유쾌한 통화
를 엿들었다. 다비드의 부모님은 외계인이 아닐까? 부
모란 자고로 부정적이고, 짜증만 내며, 자기 연민에 빠져
우는소리만 해대거나, 끝없이 잔소리만 늘어놓는 존재
가 아니었던가?

다비드는 어서 엄마에게 전화하라고 코리나를 다
그쳤다. 어차피 해야 할 일은 빨리 해치워. 네가 괜찮은
척하면 엄마도 괜찮을 거야. 다비드는 그것을 거울 신경
세포Mirror Neuron 이론에 빗대어 설명했다. 사람은 자기와

연관 있는 사람의 태도를 마치 산에서 메아리가 치듯 따라 하게 된다고 했다. 하지만 코리나는 그게 산이나 다른 사람들에겐 적용될지 몰라도 자기 엄마에겐 통하지 않을 거라고 반박했다.

다비드는 공연을 앞두거나 학생들 앞에서 연주하기 전 마음을 가라앉힐 때 하는 요가 동작을 그녀에게 보여 줬다. 몸을 앞으로 숙인 다음, 양팔을 물레방아의 바퀴처럼 움직여 에너지를 머리 위로 퍼 올린 다음, 두 팔을 벌려 위로 뻗는 동작이었다. 다비드는 이렇게 하면 부정적인 에너지를 밀어내고 긍정적인 에너지를 강화할 수 있다고 설명했다. 동작을 대여섯 번 반복하면 강력한 에너지 보호막으로 자신을 감쌀 수 있다고.

코리나는 그 동작을 세 번 따라 했다. 하지만 몸을 숙일 때마다 토기가 올라와서 엄청 애를 먹었다. 다비드는 정 그렇다면 그녀의 기운을 정화할 방법은 '대천사 미카엘의 에너지 정화 스프레이'를 뿌리는 수밖에 없다고 으름장을 놓았고, 그 말에 코리나는 바로 엄마에게 전화했다. 예상과는 다르게 엄마는 여유롭고 다정하고 낙관적이었다. 코리나는 갑자기 돌변한 엄마의 태도에 경계 태세를 취했다. 코리나는 전화를 끊고 나서 다비드에게 엄마가 이미 정신을 놓은 것 같다고 말했다. 엄마는 하룻

밤 사이 코로나의 신봉자가 됐다. 이제부터 더 나은 세상이 열릴 거라고 굳게 믿고 있었던 것이다.

과연 인간은 바이러스만큼이나 적응력이 뛰어난 존재였다. 코리나와 다비드는 격리 첫날을 차분하게 보냈을 뿐 아니라, 저녁에는 나란히 앉아 지상파 방송국의 뉴스를 시청했다. 둘 다 어른이 되고 나서 처음 있는 일이었다. 뉴스라는 건 가끔 인터넷으로 짧게 보는 게 전부였으니까.

"우리의 훌륭하고 전통 있는 공영방송을 같이 보다니, 이 얼마나 좋은 일이야." 다비드는 아빠처럼 말하고 있는 자기 자신이 낯설게 느껴졌다.

역시 호모사피엔스의 적응력은 대단했다. 어느새 코리나와 다비드는 격리해제용 달력을 만들었다. 하루가 지나면 한 장씩 찢어서 시간의 흐름을 볼 수 있게 한 것이다. 코리나는 달력의 가장자리에 꽃을 그렸고, 다비드는 거기에 음표 몇 개와 행운의 캐릭터들을 추가했다.

사람들은 낯선 환경에도 매우 빨리 적응한다. 그 일환으로 다비드는 소파에 코리나의 잠자리를 만들었다. 자기 침대에도 새 시트를 깔았다. 그리고 최근에 출간된 베토벤 자서전을 조금 읽은 다음, 위대한 음악가의 탄생

250주년을 축하하며 잠이 들었다. 천연두와 장티푸스가 창궐한 1770년에도 모든 일이 쉽지 않았다. 그에 비하면 코로나는 시련도 아니었다.

코리나는 달력의 첫 장을 기분 좋게 뜯어내며 하루를 시작했다. 그러나 '2'라는 숫자를 보는 순간 급격히 우울해졌다. 그래서 담배 한 개비를 말아 테라스에서 피웠다. 자가 격리에 들어가고서 처음 피우는 담배였다. 이제 숙취는 없었다. 약간의 두통만 남았을 뿐이다. 그녀는 자신의 적응력에 자신이 없었다. 모든 인류가 살아남아도 나는 안 될 거야…… 벌써 봄이 왔는지, 아름답게 노래하는 새소리가 공원에서 들려왔다.

다비드는 이제 묻지도 않고 커피를 가져다줬다. 그녀는 그의 다정함이 좋으면서도 동시에 왠지 모를 짜증도 일었다. 다비드는 노트북 앞에 앉아 커피를 홀짝이며 코리나에게 새로운 뉴스를 전했다.

"강아지가 마스크 쓴 사진 봤어? 한 번 봐봐, 진짜 너무 귀여워! 그리고 또…… 그래, 정말 그렇겠네. 부르카를 쓰는 무슬림 여성들은 마스크에 익숙하다. 아시아인들도 마스크를 잘 쓴대……. 그래, 그 사람들이 잘하는 거야. 앞으로 교제가 더 강화될…… 아니, 내 말은 규제가 더 강화될 거라고. 꼭 필요하지 않은 모든 외출은

금지고, 생필품 쇼핑과 연기할 수 없는 용무가 있을 때만 외출하래. 그런데 '연기할 수 없는 용무'가 도대체 뭘까? 좀 애매한 것 같은데, 그런 생각 안 들어? 예를 들면, 누가 갑자기 죽어도 그 사람의 용무는 연기되잖아. 그럼 연기할 수 없는 용무라는 건 애초에 없는 거 아냐? 공공장소에선 마스크 의무화가 검토 중이래. 마스크 써봤자 아무 효과 없다는 사람도 있던데……. 혹시 마스크가 없으니까 그런 말을 하는지도 모르겠다. 또 어떤 사람들은…… 극소수긴 하지만, 마스크만이 유일한 보호막이라고도 한다네. 이해가 돼? 우리는 오랫동안 복면 착용을 금지해 왔는데 이제는 모두가 은행 강도처럼 보이게 생겼어! 코리나, 듣고 있어?"

코리나는 발코니에서 거리를 내려다보며 아무 말도 하지 않았다. 다비드는 코리나를 위로하려 애썼다.

"우리가 감염됐을 가능성은 4000분의 1에 불과해." 잠시 말을 멈춘 뒤, 그가 다시 말을 보탰다. "물론 50분의 1이라고 하는 데도 있더라. 기다려 봐…… 여기…… 음, 그래, 결국은 우리가 감염됐을 가능성이 얼마나 큰지 확실하게 파악할 수 없다고 말하는 편이 맞겠다. 그래도 네가 프란체스코와는 더 밀접하게 접촉한 거야! 어차피 그다음에 너와 내가…… 그러니까 우리 둘이…… 밀접하게 접촉했지만, 그 정도를 밀접 접촉이라 볼 수 없을지도 모르고. 어쨌든 사망률은 둘 다 낮아. 죽을 가능성 말이야. 최신 연구 결과로는 0.0017퍼센트고…… 또 다른 연구에선 1.5퍼센트니까…… 말하자면 100명 중 1명이 죽고, 1명은 반죽음이라는 뜻이지. 아까 질병관리청 콜센터에 전화도 해봤어. 친절하던데. 검사는 증상이 나타나야 하는 거래."

코리나는 담배 한 대를 더 가지러 거실로 들어왔다. 그녀는 다비드에게 경멸의 눈빛을 보냈다. 다비드는 굴하지 않고 말을 계속 이어 나갔다.

"상담원이 그러는데 우리 둘 다 고위험군은 아니래. 진짜 고위험군은 저 아래 보이는 사람들 중에 있지. 지팡이를 짚거나 보행기를 끌고 약국 쪽으로 가는 사람들은 확실히 위험해. 우리 둘 중엔 담배를 피우는 네가 제2형 중증급성호흡기증후군 코로나바이러스에 감염될 위험이 좀 더 클 것 같아. 너 혹시 기저질환이 있어?"

코리나는 다비드 옆을 지나가면서 할 말은 많지만 하지 않겠다는 눈빛을 보냈다. 그러고선 발코니에 나가 담배에 불을 붙였다.

"어휴, 그러지 좀 마 코리나……." 다비드는 계속 말을 했다. "여기에 흡연과 관련된 다른 얘기가 있는데, 이

건 네 마음에 들 것 같다. 프랑스의 한 연구 결과에 따르면 니코틴이 바이러스와 세포 수용체의 결합을 방해한대. 감염자 중 흡연자는 5퍼센트뿐이래. 혹시 흡연자들은 이미 다른 병으로 죽어 나가고 있기 때문일까? 어쨌든 왜 그런지 확실하게 아는 사람은 없대! 그나저나 다른 사람들과 이 미터 이상 거리를 유지하면 산책도 할 수 있다는데? 내 말은, 다른 사람들 말이야. 당연히 우리는 오늘을 포함해 십삼 일 동안 자가 격리, 즉 격리 의무를 지켜야 해."

코리나가 발코니 난간에 바짝 붙어 아래를 내려다보자, 다비드는 자리에서 일어나 코리나에게로 갔다. 그러자 다시 코리나가 집 안으로 들어와서 창 너머로 시선을 돌렸고, 다비드도 노트북 앞으로 돌아왔다.

"코리나! 십삼 일이 그렇게까지…… 물론 좀……. 나도 알아…… 그러니까 내 말은, 짧은 시간은 아니라도…… 어, 잠깐만, 이건 좋은 소식인데……. 코리나, 듣고 있지? 진짜로 힘이 날만 한 소식이야. 오스트리아의 연구진들이 새로운 사실을 발견했는데, 하루에 와인 한 잔은 건강에 좋대! 그 정도는 매일 마셔도 괜찮다는데?"

코리나는 소파에 털썩 주저앉았다. 그리고 머리를 무릎 사이에 처박고선 두 손으로 쥐어뜯었다.

3일 차: 구원자

희한하네. 다비드는 생각했다. 낯선 사람 하나가 내 집에서 아무렇지도 않게 통화를 하고 있잖아. 게다가 그 태도가 너무 당당하고 시끄러운 나머지, 오히려 집주인인 그가 투명 인간처럼 느껴졌다. 도무지 다른 일에 집중할 수가 없어서 그는 하릴없이 달력만 한 장 찢어 냈다. 셋째 날. 사람들은 여행이나 연애에서 특히 사흘째가 위험하다고들 말한다. 하지만 코리나는 그 점에 대해 아무런 경각심이 없어 보였다. 거실 바닥엔 그녀의 양말과 속옷, 티셔츠가 마치 사춘기 청소년의 방을 묘사한 설치미술처럼 정신없이 널브러져 있었다. 심지어 코리나가 지금 입고 있는 반바지와 티셔츠도 다비드의 것이었다. 그래서 그의 눈엔 그녀가 묘하게 왜곡된 거울 속 모습처럼 보이기도 했다. 그녀는 집 안을 종횡무진하며 자기 엄마와 통화하고 있었다.

"응, 엄마. 아니야, 엄마. 유일한 문제는 이제 곧 배터리가 방전될 거란 것뿐이야. 아니, 내가 방전됐다는 게 아니라! 나는 괜찮아! 핸드폰 배터리가 방전된다고. 혹시 내가 다른 번호로 전화하더라도 걱정하지 말아요. 당연하지. 엄마? 엄마는 나가도 되잖아. 상관없어, 진짜야…… 응. 나는 '최고'의 대접을 받고 있어. 정말이야, 다비드의 요리는 정말 '환상적'이거든. 하나부터 열까지 얼마나 잘해 주는지 몰라. 응, 엄마. 아니야, 엄마. 배터리…… 응, 나도 사랑해. 안녕, 안녕."

그녀는 땅이 꺼져라 한숨을 내쉬며 통화를 끝내고는 다비드를 돌아봤다.

"자, 이걸로 오늘 치 거짓말은 다 한 거 같네. 혹시 달걀 있어?"

"어디에 쓸 달걀?"

"내 허기를 달랠 달걀. 너는 내게 '최고'의 대접을 해 주고, '환상적'인 캐슈너트 두유 스무디를 만들어 줬지만, 그래도 내겐 뭔가 씹을 것이 필요해."

"어제 파스타 먹었잖아."

"그래, 면만 먹었지!"

"올리브오일과 소금도 들어갔거든!"

"그걸 음식이라고 하는 거야? 면만 먹는 건 식사가 아냐! 나는 지금 동물성 단백질이 필요해…… 달걀이라도!"

"우리 집엔 달걀이 없어!"

"나도 알아! 그래, 너 비건이지. 그래서 버터도 햄도 가죽 구두도 없지."

코리나의 행동에 다비드의 목소리와 몸짓도 덩달아 커지기 시작했다. 그도 점차 이성을 잃어 가고 있었다.

"네 피자 아직 남아 있으니까 그거나 먹어! 저기 그대로 있네! 피자만 있는 게 아니라 빨랫감도 바닥에 널려 있어. 어떻게 이렇게 지저분할 수가 있지? 내가 계속 널 쫓아다니면서 치워야겠어?"

"세탁기에서 이상한 냄새가 나. 피자에서도 썩은 내가 나고!" 코리나도 덩달아 소리를 질렀다.

다비드가 소파에 주저앉으며 신음하듯 말했다. "아, 누가 나 좀 도와줘!"

"상담 같은 게 필요하단 거야?" 코리나가 물었다.

"집안일을 도와줄 사람 말이야."

"누가 집으로 오는 건 안 된다며. 보건소에선 어때? 그쪽에서 우릴 돌봐 줄 사람은 없을까?"

"없어."

"우리를 이렇게 가둬 놓고선 돌봐 주지 않는다고?" 코리나가 분통을 터뜨렸다.

"이미 문의해 봤어." 다비드가 답했다. "그쪽에선 이웃에게 도움을 구해 보래. 마트도 지금 당장 배달이 어려운데, 주문해도 며칠 후에나 받을 수 있다네. 주문이 너무 밀렸대."

"그럼 이웃에게 도움을 구해 보자."

"아는 이웃이 없어. 알고 싶은 마음도 없고."

"주위에 아는 사람이 아무도 없다는 말이야?"

"응, 아니…… 그러니까 직접적으로는."

"그게 무슨 뜻이야?" 코리나가 캐물었다.

"한 사람 있긴 한데." 다비드가 머뭇거리며 말했다. "그 사람이…… 그러니까 아마 도와줄 것 같긴 한데……. 하지만 그게 어쩐지…… 부탁하기가 좀 민망해서."

"너 지금 얼굴이 완전 빨개. 말해 봐. 그 사람이랑 어떤 사이야?"

"그러니까…… 아니야, 아무 사이도 아니야. 어찌 됐든 내가 그 사람에게 네 더러운 빨래를 치워 달라고 부탁할 일은 없을 거야!"

"혹시 그 사람도 틴더로 만나서 취하게 했어? 혹시…… 나한테 한 거랑 똑같은 수법으로? 그래서 그 사람이 다시는 너를 안 보려고 하는 거야?"

"아니거든!" 다비드가 질색하며 소리를 질렀다. "그 사람은 절대 틴더 같은 데 들어올 사람이 아니야!"

"아, 그래? 그렇게 나이가 많아? 아니면 못생겼어? 멍청해?"

"정반대야!"

"그 말은 젊고 예쁘고 똑똑하다는 뜻?"

"그래." 다비드가 대답했다.

"아, 그러니까 그런 잘난 분은 절대 틴더에 들어오지 않을 것이다, 이거지?" 코리나가 잠시 말을 멈추자 방 안엔 아슬아슬한 기류가 흘렀다. "틴더는 못생긴 애들이나 문제가 있거나 이상한 여자들을 위한 것이다? 그래서 심심할 때 잠깐 만나서 일단 술을 먹여 취하게 한 다음에, 그걸 빌미 삼아 협박할 생각으로 틴더를 하는 거라 이거지?"

"나는 너를 협박한 적이 없어. 그리고 술은 내가 먹인 게 아니라 네가 혼자 마신 거잖아!" 다비드가 반박했다.

코리나는 발코니로 나가려다가 과장되게 한숨을

내쉬고는, 몸을 돌려 다비드의 눈을 바라봤다.

"여기서 우리가 기억해야 할 사실은 우리에겐 그 젊고 예쁘고 너무너무 똑똑한 누군가가 필요하다는 거야. 아니면 우리는 살아남지 못할 테니까."

"그 사람의 도움이 필요한 건 우리가 아니라 너지. 나는 지금 있는 두유와 두부와 파스타만으로도 충분하거든."

"두부! 우웩! 이젠 떠올리기도 싫어!"

"차라리 너희 엄마한테 전화해서 장을 좀 봐주실 수 있는지 물어봐."

"우리 엄마는 이 지역 정반대 쪽 끄트머리에 살아. 차라리 너의 그 사람에게 물어보자고."

"그분은 그냥 사람이 아니라 여신이야. 여신에게 장을 봐달라고 연락할 순 없어."

"그럼 내가 그 여신님께 연락할게."

"안 돼, 너는 안 돼."

"왜 안 돼?"

"내 직장 동료니까."

"그 사람도 선생이야? 여신 같은 선생님?" 코리나가 웃음기를 머금고 물었다.

"아코디언을 연주하지."

"손풍금?"

"그래, 네가 손풍금이라고 부르고 싶다면 그렇게 해. 어쨌든 나는 연락하지 않을 거야. 절대로!" 다비드는 자리를 박차고 일어나 창밖을 바라봤다.

코리나는 아무 말도 하지 않았다. 다비드가 그 사람에게 도움을 구하지 못하는 이유를 코리나는 알 것 같았다. 동시에 그 생각이 너무 어이없게 느껴졌다. 그래서 그에게로 다가가 속삭이듯 말했다.

"아, 이제 알겠어. 네가 다른 여자와 한집에 있다는 걸 알리고 싶지 않은 거지?"

다비드는 대꾸하지 않았다.

"왜냐하면 너희 둘 사이에 뭔가 있기 때문이지!" 코리나는 상상의 나래를 펼쳤다. "예를 들면, 너희 둘은 사귀는 사이야! 아니면, 맙소사! 혹시 와이프?"

"아니거든!"

"사귀는 건 맞지?"

"그것도 아니야!"

내가 또다시 변명을 늘어놓게 생겼네. 다비드는 생각했다. 이 여자는 어떻게 매번 상황을 이렇게 만드는 걸까? 그리고 나는 왜 자꾸 이 여자의 곤란한 질문을 그냥 넘기지 못하는 걸까?

"그럼 나는 왜 만났어? 틴더는 왜 한 거야?" 코리나가 물었다. 다비드도 결국 그렇고 그런 개자식들 중 하나일까? 좋아하는 여자가 있으면서도 다른 여자를 수백 명쯤 만나는 개자식? 그렇다면 코리나는 물론, 손풍금 여신도 마음의 상처를 입게 될 것이다.

"코리나, 내 말 좀 들어 봐. 우리는 지금 어쩔 수 없어서 같이 있는 거지, 사랑하는 사이라 함께 있는 건 아니잖아? 그러니까 최대한 이 시간을 잘 견뎌 내기 위해 서로 노력해야지. 내가 누구를 좋아하든, 사생활은 건들지 마."

다비드는 "동의하지?"라고 못을 박을까 잠시 고민했지만, 이 정도의 단호함이라면 의미가 충분히 전달됐을 거라 생각했다. 하지만 코리나는 그의 짐작을 간단히 뒤집었다.

"혹시…… 유부녀야? 그 동료분 말이야." 그녀가 다시 질문하기 시작했다.

"아니야." 다비드는 짜증스럽게 대답했다. "그만 좀 하자. 너한테 내 사생활에 대해 구구절절 설명할 필요는 없잖아? 게다가 나는 메르세데스와 별로 친하지도 않아."

"메르세데스!" 그의 말이 끝나기가 무섭게 코리나가 외쳤다. 그러고선 연달아 다섯 번이나 일부러 과장

된 스페인어 억양으로 '메르세데스'를 발음했다. "메르세데스! 다리가 어마어마하게 긴 그 섹시한 스페인 여자…….그 큰 가슴으로 아코디언을 품으면 블라우스 단추가 터질 것 같은 그 여자……. 그래, 그녀가 살랑살랑 움직이면서 아코디언을 연주하면 그 숨결과 음색이 하나가 되어 천상의 멜로디가 나오겠지."

다비드는 깜짝 놀란 눈으로 그녀를 쳐다봤다. "너도 그 사람을 알아?"

순간 코리나는 웃음을 터뜨렸다.

"네 말 그대로야. 그 사람의 연주는 정말 그래. 메르세데스는 그 어떤…… 그 모든 것의 결정체야." 그는 넋을 잃은 듯 잠시 말을 멈췄다가 한마디 덧붙였다. "하지만 네가 잘못 말한 게 딱 하나 있어."

"아 맞다. 가슴이 큰 게 아니야. 엄청 크지!" 코리나가 대꾸했다.

"틀렸어."

"다리가 그냥 길기만 한 게 아니라 막 이렇게 목까지 올라와."

"틀렸어. 그 사람은 스페인 출신이 아니야. 아르헨티나 사람이야."

"그게 그거지!" 코리나는 기가 막힌다는 듯 소리를

질렀다. "핏속에 탱고가 흐르고 있는 거네! 그렇다면 나는 더더욱 그 사람을 만나야겠어!"

"아무리 그래도 너는 못 만나." 다비드가 말했다.

"따로 사귀는 사람이 있대?" 코리나가 캐물었다.

다비드는 한숨을 내쉬었다.

"벌써 같이 잔 거야? 침대에선 어땠어? 네 위에 올라타서 온몸을 살랑살랑 흔들었어? 둘이 하나가 됐을 때 여신님의 머리카락이 온몸을 감싼 거야?" 코리나는 다비드의 반응에 아랑곳하지 않고 계속 말했다. 말을 하는 내내 그녀는 지금 자기가 하고 있는 심문이 온갖 개자식들을 만나면서 몸에 밴 잘못된 습관이자 기술이란 걸 깨달았다. 그런데도 질문을 멈출 수가 없었다. 무엇보다 상대의 대답이 어딘지 석연찮다는 것을 감지했기 때문에 더 그랬다. 다비드는 지금 거짓말을 하고 있거나, 진실을 절반만 얘기하고 있었다.

"부탁인데, 이 얘기 좀 그만할까?" 다비드가 말했다.

코리나는 발코니로 나가면서 다비드에게도 따라오라고 눈짓을 했다. 그가 머뭇거리며 뒤를 따랐다. 그녀는 그를 지긋이 바라보며 매우 차분한 목소리로 말했다.

"잘 들어. 우리는 조만간 네 동료분이 필요해질 거야. 아니면 다른 이웃이라도. 가까이에 알고 지내는 다른 사람은 없어?"

"없어, 정말 없어."

"하지만 우린 휴지를 사야 해."

"왜 우리가 휴지를 사야 해?" 다비드가 되물었다.

코리나가 거리를 가리켰다. "저기 사람들을 좀 봐."

"정말이네!" 다비드가 웃음을 터뜨렸다. "다들 휴지를 한 아름씩 안고 가네! 모두 다! 맙소사, 휴지 때문에 저 난리가 나다니."

"모두가 저런다는 건 분명 뭔가 이유가 있는 거야." 코리나가 의미심장하게 말했다. "혹시 전 세계 휴지 생산이 곧 중단되는 게 아닐까? 아니면 코로나에 이어서 지독한 설사병이 돈다든지."

말은 그렇게 했지만, 사실 그녀가 간절히 원하는 건 두루마리 휴지가 아니라 술이었다. 몸이 어느 정도 회복된 시점부터 그녀는 또다시 취하고 싶은 욕망에 사로잡혔다. 신호는 이미 전날 밤부터 시작됐다. 최신 확진자 통계와 심층 보도, 해외 소식, 전문가 토론과 정치인 인터뷰까지…… 코로나와 관련된 방송을 다섯 시간 동안 보고 나니 술에 대한 열망이 가늠할 수 없을 정도로 강렬하게 솟아났다. 그녀는 오늘 저녁도 어제와 같을까 봐 지레 겁이 났다. 인스타그램 피드를 보니 요즘 친구들은 계속 술을 마시고 있는 것 같았다. 그런데 나만 혼자 이 상황을 술 없이 견뎌야 한다고?

　당연히 코리나는 다비드 앞에서 유약하거나 중독자 같은 모습을 드러내고 싶지 않았다. 때문에 휴지로 설득하려 했다. 개자식과 동거를 계속하려면 이 정도 요령은 부릴 줄도 알아야지. 그런데 다비드가 개자식까지는 아니지 않을까? 혹시 착하고 수줍음이 많은, 모든 여자가 꿈꾸는 만능 스포츠맨은 아닐까? 아직은 알 수 없었다. 우선 그 '동료'와의 사이를 근본적으로 파헤쳐 둘사이에 무슨 일이 있었는지부터 알아내야 했다. 순순히 얘기해도 될 텐데 왜 자꾸 피하는 거지? 보나 마나 코리나는 첫날 밤, 자기 뇌가 자멸 모드에 들어갔을 때, 다비드에게 모든 것을 술술 털어놓았을 것이다. 메르세데스…… 메르세데스가 햄과 와인과 휴지를 가져다준다면 참 좋을 텐데. 메르세데스, 메르세데스, 메르세데스…… 코리나, 뭐 좋은 생각 없어? 그런데 자꾸 그 이름을 떠올리는 게 설마 질투 때문은 아니겠지?

4일 차: 호기심

날이 밝아 올 때까지 코리나는 잠들지 못했다. 저녁 시간 내내 지루하기 짝이 없는 재난방송을 봤는데도, 오히려 마음이 초조해지는 바람에 잠기운이 날아가 버렸다. 다비드가 잠자리에 든 뒤 그가 마시는 건강차를 한 잔 더 마신다는 게, 바보처럼 녹차를 마시고 말았다. 그래서 새벽 3시까지 말짱한 정신으로 책을 읽었다. 그런 다음 소파에서 뒤척거리며 잠을 청하려고 했지만, 너무 좁아서 그마저도 힘들었다. 발코니에서 담배를 피워 봐도 잠은 오지 않았다. 코리나는 하는 수 없이 잠을 포기하고 다비드의 노트북 앞에 앉았다.

다비드는 코리나가 이메일을 확인할 수 있도록 노트북의 비밀번호를 알려 줬다. 하지만 그녀에겐 올 메일이 별로 없었고, 그나마도 대부분이 스팸메일이었다. 당연하다는 듯 다비드의 검색 기록을 뒤져 봤지만, 브라우저에는 '검색 기록 자동 삭제' 기능이 활성화돼 있었다. 뭔가 숨길 게 있는 사람만 이렇게 하는 거 아냐? 하지만 사실 대부분의, 심지어 코리나 자신의 브라우저도 그 기능이 활성화된 상태였다. 어쨌든 검색 기록에서 더러운 포르노 사이트를 찾아내 다비드의 도도한 콧대를 꺾어 버리리란 희망은 접어야 했다. 코리나는 다비드를 공격할 말까지 준비해 놓고 있었다. "비건이라더니, 사람 살은 좋아하나 봐?" 사실 코리나는 그의 취향이 궁금했다. 흑인? 아니면 동양인? 어린 여자? 아니면 나이가 좀 있는? 여리여리한 타입? 아니면 섹시한? 혹시 남자? 그것도 아니면 무조건 라틴계만 좋아하려나? 혹시 진짜 진짜 개자식이라서 그런 사이트에 올라온 온갖 종류를 다 섭렵한 건 아니겠지?

코리나는 메르세데스에 대해 검색을 해보기로 했다. 메르세데스…… 음악 학교…… 아코디언……. 클릭 몇 번 만에 정체는 드러났다. 메르세데스 데 라 코스타, 무슨 웹소설 주인공 이름 같네. 어디 사진도 있을 텐데……. 마침내 사진을 찾아낸 코리나는 깜짝 놀랐다. 그녀는 코리나가 묘사한 그대로였다. 아주 작은 차이라면, 상상보다 훨씬 더 화려하고 육감적이란 것뿐이었다. 연주 실력은 또 어떻고! 그녀가 연주하는 동영상 몇 개를 찾아본 코리나는 어째서 이런 사람이 아직 월드 스타가 되지 못했을까 의아할 정도였다.

흔히들 조르주 비제가 작곡한 최고의 오페라 『카르멘』에는 버릴 곡이 없다고 말한다. 누구나 한 소절쯤은 흥얼거릴 수 있다. 하지만 연주와 노래를 동시에 하는 건 다른 문제다. 코리나는 이 경쾌한 멜로디 연주가 힘들다는 걸 경험을 통해 뼈저리게 느낀 바 있다. 그것을 라이브로 연주한다는 것은 기술적인 것을 넘어 곡을 이해하고 삶을 즐겨야 가능한 일이었다. 그러니 그만…… 이제 그만! 코리나는 스스로를 향해 외쳤다. 그건 코리나가 한 시간 반짜리 심리 상담에서 배운 단 한 가지 기술이었다. 질투에 사로잡혀 스스로를 비하하지 않도록, 자신에게 단호한 명령을 내리는 것이었다.

붉은 드레스를 입고 무대 한가운데에 선 메르세데스의 양옆으로 바이올리니스트와 클라리네티스트가 등장했다. 둘 다 미남이었다. 저마다 숨을 불어넣고 현을 울리며 화음을 만들어 냈다. 음악은 서서히 그리고 위협적으로, 서곡에서 시작해 죽음을 암시하는 비극적인 전주곡으로 넘어갔다. 그리고 그 유명한 「집시의 노래」가 공간을 뒤흔들기 시작한 순간, 건반에서 눈을 들어 바이

올리니스트를 바라보는 메르세데스의 눈빛에 코리나는 오싹함을 느꼈다. 그녀의 눈빛이 무엇을 말하는지 알 수 있었다. '집중하라고. 이건 장난이 아니야. 지금 나는 경건하고 진지해.' 눈빛을 교환한 두 사람은 서로의 마음을 이해한 듯 했다. 그 모습에 강한 매력을 느낀 코리나의 마음이 요동쳤다. 음악은 점차 속도를 높였다. 남성 합주자들은 마치 최면에 걸린 듯 메르세데스에게서 눈을 떼지 못했다. 그들은 하나가 되어 비제가 의도한 대로 기묘하고 감각적인 멜로디 속으로 흠뻑 빠져들어 갔다. 어린이들이 나와 합창을 시작하자 공연은 더욱 흥미진진해졌다. 군인 흉내를 내는 꼬마들을 보는 메르세데스의 입가에 미소가 번졌고, 환한 얼굴로 클라리네티스트를 돌아보는 장면이 코리나의 뇌리에 박혔다. 서서히 너울대는 「하바네라」의 리듬 속에서 메르세데스는 자연스럽게 음악의 한 요소가 됐다. 어느새 눈을 감은 그녀의 얼굴 위로 검은 곱슬머리가 흘러내렸고, 반쯤 벌린 입술에선 달콤한 말이 흘러나올 것만 같았다. 그 모습은 남자가 아니어도 섹시함을 느끼기에 충분했다. 그녀는 흘러내린 머리카락을 뒤로 넘기고 활짝 웃으며 악기와 함께 춤추기 시작했다. 단 한 번의 망설임도 없었다. 그만, 그만! 코리나는 그녀의 모습을 볼 만큼 봤다.

그런데도 코리나는 검색을 멈추지 못했다. 페이스북에서도 메르세데스를 찾아냈다. 그녀는 직접 업로드한 동영상을 통해 올봄에 열릴 연주회를 매우 고대했는데 모두 취소됐다며 아쉬움을 토로했다. 그녀의 독일어엔 외국인 억양이 거의 없었지만 '아르r'에서만은 '아흐아르'하고 굴리는 라틴계 특유의 발음이 나왔다. "그뤄허니까 여뤄허분을 위해 여기에서 연주할게요." 그렇게 그녀는 모차르트의 「터키 행진곡」을 눈부시게 연주했다. 그걸 본 코리나는 우울의 늪에 빠졌다. 그래, 저럴 수도 있네. 세상에 외모도 출중한데 표현력도 좋고 연주 실력도 탁월한 사람이 있구나. 인생이 그렇지, 뭐.

　　코리나는 머리가 아팠다. 구글에서 '코로나 증상'을 찾아보니 두통도 그중 하나였다. 병의 진행 과정을 파고들수록 그녀의 내면은 조용히 가라앉았다. 기침, 심장박동 이상, 신부전, 오심, 구토, 호흡곤란……. 삼십 분 후, 코리나는 비록 경증이긴 했지만 열거된 증상의 대부분을 겪고 있었다.

　　그녀는 페이스북에서 활발하게 활동하는 편이 아니라 친구가 많진 않았다. 그래도 그녀의 친구들이 올린 사진들을 보자 조금 위안을 얻을 수 있었다. 이런저런 사진이 담고 있는 내용보다는 그들의 손에 들린 샴페인 병이나 와인 잔, 칵테일 잔이 그녀를 위로해 줬다. 어떤 친구는 재치 있게 '코로나 엑스트라'라고 적힌 병맥주 라벨을 찍어 올리기도 했다. 술을 마시지 않는 친구들은 운동을 하면서 일상을 유지하는 모습을 올렸다. 그런 게시물은 무심히 넘겨 버렸다. 하지만 최악은 운동도 하지 않고, 술에 취하지도 않는 부류였다. 이런 상황이 올 것을 미리 알고 있었다고 말하는 헛똑똑이들. 그들은 빌 게이츠가 이미 수년 전에 팬데믹을 경고했고, 현재 일어난 상황은 일 더하기 일이 이인 것만큼이나 당연한 결과며, 팬데믹의 책임은 빌 게이츠를 비롯한 전 세계 금융과 백신을 장악한 유대인에게 있다고 주장했다. 코리나는 문득 그 헛똑똑이들에게 멋지게 반격하고 싶어졌다. 그래서 빌 게이츠가 유대인인지 아닌지를 알아내느라 거의 한 시간을 낭비했다. 그리고 그런 자신의 모습이 객관적으로 보인 순간, 짜증이 치밀어 노트북을 덮었다. 스스로가 멍청하게 느껴졌다. 누가 유대인인지 아닌지 따지는 건 반유대주의자들이나 하는 짓이었다.

그녀는 담배 한 개비를 입에 물고 발코니로 갔다. 그러고는 태양이 어둠 속에 잠긴 집들을 하나둘씩 밝히는 장면을 보며 불을 붙였다. 그러다가 문득 어떤 멜로디를 흥얼거리고 있는 자신을 발견했다. 이거 어디서 들었더라? 맞아, 처음 이 집에서 흘러나오던 다비드의 연주곡이었지. 이 차분하고 살랑거리는 멜로디는 부족한 자신감을 숨기느라 괜히 화난 척, 온 방을 휘젓고 다녔던 첫째 날의 그녀와 전혀 어울리지 않았다. 코리나는 얼른 피아노로 가서 뚜껑을 열었다. 그녀는 음악을 전공하고 싶어서 삼 년간 성악과 피아노를 배웠다. 벌써 십 년 전 이야기다. 그 이후로…… 그녀는 단 한 번도 건반을 만진 적이 없었고 혼자 있을 때조차 노래를 부른 적이 없었다. 그런데 지금, 그녀는 조심스럽게 건반을 누르기 시작했다. 오른손은 멜로디를, 왼손은 화음을 연주했다. 하지만 여유로우면서도 리드미컬하고 동시에 친숙하게 느껴지던 다비드의 연주와는 사뭇 달랐다. 피아노 소리가 점점 커졌다. 코리나는 이제 슬슬 다비드가 일어났으면 좋겠다고 생각했다.

그러자 정말로 갈색 바탕에 검은 줄무늬가 그려진 고급스러운 파자마 차림의 다비드가 나타났다. 그는 의아하다는 듯 코리나를 바라보다가 눈을 돌려 거실을 훑었다. 여기저기에 컵과 건강차 병, 접시가 널브러져 있고, 바닥엔 두꺼운 양말 한 짝이 굴러다녔다. 그새 피자 상자 위에도 비닐봉지가 여러 개 쌓여 있었는데, 그 주위에서 조금씩 냄새가 나기 시작했다. 소파를 덮었던 이불과 베개는 바닥에서 나뒹굴고 있었다.

코리나는 계속해서 피아노를 두드리며 다비드에게 물었다. "디자이너 카를 라거펠트가 이렇게 말했어. '트레이닝복을 입는 사람에겐 삶의 통제권이 없다.' 파자마를 입은 사람에겐 뭐라고 말해야 할까?"

"사실이네. 우리에겐 삶의 통제권이 없어." 다비드가 대꾸했다.

"왜 그렇게 생각해?" 코리나가 물었다.

"지금 네 주위를 둘러봐. 지금 여기가 어떻게 보이는지!"

"왜? 네가 자러 들어갔을 때랑 완전 똑같잖아."

"내 말이 그 말이야! 왜 이렇게 일찍 일어난 거야?"

"나는 '일찍' 일어난 게 아니야. '아직' 안 잔 거지. 그건 그렇고 다비드, 멜로디가 뭐였지……. 그 곡…… 내가 처음 온 날 네가 치고 있던 곡."

"너는 지금 C키로 치고 있어. 그 곡은 원래 F키야."

코리나는 같은 멜로디를 F키로 치려고 했지만 실패했다. 뒤에서 있던 다비드가 물었다. "내가 해볼까?" 그러고선 익숙하게 건반을 짚었다. 어, 되네! F장조! 거기에 반음 내린 5도 화음이 더해져 더욱 재미있게 들렸다. 코리나와는 비교도 안 되는 솜씨였다. 당연했다. 어떻게 그와 비교를 하겠는가! 세상엔 재능 있는 사람들이 많았고, 그녀는 그런 부류가 아니었다.

"나도 너처럼 잘 치고 싶어!"

"누구나 할 수 있어."

"처음부터 다시 한번 쳐줄래?"

"근데 나 방금 일어났거든." 다비드가 기지개를 켜며 하품했다.

"그래서 뭐?"

"만약…… 네가 노래를 부른다면 쳐볼게." 다비드가 말했다.

그러자 코리나는 자리에서 벌떡 일어나 피아노 뚜껑을 '쾅' 덮고 부엌 쪽으로 사라졌다. 그날의 무대가 떠오르는 듯했다. 스포트라이트 아래에 선 그녀의 눈엔 심사 위원들이 보이지 않았다. 그래도 코리나는 그들에게 허점을 보이지 않으려 자세를 고쳐 잡았다. 눈이 부셨지만 피하지 않고 참았다. "『카르멘』 중에서 「하바네라」를 부르겠습니다." 직접 고른 노래는 너무나도 잘 알려진 여주인공 집시의 노래였다. 그녀는 잠시 머뭇거리다가 "저 너무 용감하죠?"라고 자조적인 말을 덧붙였다. 아차, 난 지금 어린이 인형극에 출연한 게 아닌데. 집시와는 전혀 어울리지 않는 말이었다. 그녀는 청중이나 심사 위원들과 시시덕거려선 안 됐다. 그때 그녀는 그 말을 하면서 뭔가 이상함을 느꼈다. 아니, 그 이상한 건 아침에 양치질할 때부터 느껴졌던 것 같기도 했다. 괜찮아. 코리나! 이 순간을 위해 이 년을 준비했잖아. 너는 멀쩡해. 그리고 잘 해낼 거야. 할 수 있어! 그녀는 고갯짓으로 피아노 반주자에게 신호를 보냈다. 시작은 나쁘지 않았다. 괜찮았다. 그런데 피아니스트가 자꾸 고개를 끄덕거렸다. 저 사람 왜 저러지, 뭐가 잘못됐나? 웃을 일이 없는데 왜 웃고 있는 거야? 그러는 게 나한테 도움이 된다고 생각하나? 그럴 필요 없는데……. 잠깐만, 내 목에 뭐가 걸린 것 같아. 혹시 내 목소리가 이상하게 들리나? 리허설 땐 괜찮았는데……. 주어진 몇 분 동안, 그녀는 최선을 다해 끝까지 해보려고 했다. 하지만 무조건 밀어붙이는 건 좋은 생각이 아니었다. 대사를 말하듯이 노래하는 부분에서 가창이 조금 쉬워지자 목에 있는 덩어리가 확실하게 느껴졌다. 왜 하필이면 『카르멘』을 골랐을까. 최고의 가수를 위한 최고의 곡인데……. 벌써부터 목소리가 갈라지기 시작하면 다음 곡인 말러의 가곡은 어떻게 부르지? 그건 훨씬 더 어려운 곡인데! 부엌에 서서 속으로 「하바네라」를 부르던 코리나는 마지막 소절에 이르자 자기도 모르게 입 밖으로 소리를 내고 말았다. 하지만 심사 위원들 앞에서 그랬던 것처럼, 처량한 쉰 목소리만 터져 나왔다. 눈앞에 십 년 전 시험장에서 도망치듯 빠져나오는 자신의 모습이 보였다. 사라져, 사라져, 사라져, 사라져! 이 입술은 영원히 닫혀 있을 것이다. 두 번 다시 노래하지 않을 거야. 코리나는 다짐했고 그 고집은 여태까지 한 번도 무너진 적이 없었다.

다비드가 한숨을 내쉬면서 병을 치우고 양말을 개고 접이식 침대를 세워 소파로 만드는 동안, 코리나가 커피를 한 잔만 들고 주방에서 나왔다. 다비드가 그런 그녀를 쳐다보며 말했다.

"고마워, 그거 내 커피지?"

"내 양말은 어디 있어?" 다비드의 틈새 공격에 코리나도 금세 기운을 회복했다. "내가 벗어 둔 자리에 있던 양말 말이야! 그건 그렇고, 네 파자마 왜 그렇게 촌스러워?"

"걱정 마. 지금 다 벗을 거니까."

"어디 한번 벗어 봐."

"이거 엄마가 선물해 주신 거야. 매년 크리스마스에 파자마를 선물하시거든. 열두 벌쯤 있어."

"부모님 무슨 일 있으셔?"

"무슨 일이 있으시길 원해?"

"돌아가셨어?"

"아닌데, 무슨 소리야?"

"전화를 안 하길래."

"하루에 한 번씩 이메일을 보내. 시골에 계시거든."

"아 그래? 요즘 세상에 전화가 안 닿는 시골도 있나 보네." 코리나가 말했다. "그건 그렇고, 나 충전기 필요해. 아이폰 말고, 완전 옛날 삼성 갤럭시폰에 맞는 거."

"하나 주문해."

"이 시국에? 격리 다 끝나고 오겠네."

"어디서 파는데?"

"핸드폰 가게. 그걸 요샌 '매우 중요한 기반 시설'이라고 부른다지? 이 길모퉁이에 가게가 있어. 내가 핸드폰이 꺼지기 전에 검색해 놨지." 코리나가 대답했다.

"거길 누가 가?" 다비드는 궁금해했다.

"너."

"내가? 왜?"

"왜냐면 보건소에 발각돼도 너한텐 벌금 낼 능력이 있잖아. 난 돈 없어." 일을 계속할 수 있을지 아니면 이미 잘렸는지조차 불분명한 코리나가 말했다.

"충전기 하나에 3600유로를 낼 돈은 나한테도 없어."

"너는 교사잖아." 코리나가 지지 않고 말했다. "너

는 여름 방학 세 달 동안 집에 가만히 있는데도 월급이 꼬박꼬박 나오잖아. 나는 세 달이나 일을 안 하면 굶어 죽는다고!"

"실업수당이라도 받아! 1000유로는 나오잖아?"

"그거 받으려면 서류를 천 장은 써야 되거든! 그리고 지금 중요한 건 충전기야. 네가 정 그렇게 나온다면, 네 '동료분'에게 부탁할 수밖에 없겠네." 코리나가 말했다. 그러고선 마지막으로 꺼낸 카드의 효과를 극대화하기 위해 덧붙였다. "내가 핸드폰이 꺼지기 직전에 마지막으로 뭘 했는지 알아?"

"좀 비켜 봐!" 다비드가 소리를 지르며 지저분한 접시를 들고 부엌으로 사라졌다.

"궁금할 텐데?" 코리나가 성가시게 따라붙었다.

"당연하지, 궁금해서 미칠 것 같아!" 부엌에서 다비드가 대꾸했다.

"그럼, 알려 줄게. 프란체스코에게 문자를 보냈어."

다비드가 거실로 나오면서 말했다. "그래? 좀 어떻대?"

"훨씬 나아졌대. 거의 무증상이래. 지금 당장 피자와 와인을 가져다주지 못해서 미안하대."

"우리한테 코로나 옮긴 건 안 미안하대?"

"코로나 걸리지 않았잖아!"

"아직 모르지. 그래서 우리가 여기 있는 거잖아. 앞으로 열흘을 더 있어야 하고. 오늘 달력은 벌써 뗐구나."

"응. 자정 되자마자 뗐지. 나 엄마한테 전화해야 해."

"내 핸드폰 써." 다비드가 말했다.

"그래도 나는 내 핸드폰 없이는 못 살아! 그리고 햄이랑 달걀 없이도 못 살아! 곧 있으면 부활절이란 말이야!" 코리나가 소리를 지르듯 말했다.

다비드는 한숨을 쉬었다. "코리나, 부활절은 아직 한 달이나 남았어. 그리고 그전에 제발, 부디 제발 네가 여기서 사라졌으면 좋겠어."

"지금 나한테 너랑 여기서 햄도 달걀도 핸드폰도 없이 부활절을 함께 보내자고 부탁하는 거야?"

"그딴 부탁을 내가 왜 해!"

"혹시 그게 네 부탁이라면 생각은 해볼게!"

다비드는 진이 다 빠져서 소파 위에 털썩 주저앉았다.

"살살 앉아. 내 침대가 다 구겨지잖아." 코리나가 밉살스럽게 말했다.

"코리나…… 오늘 하루가 이제 막 시작됐을 뿐인데, 난 벌써 한계에 도달한 것 같은 느낌이 든다."

"너 감염됐나 봐." 코리나가 금세 말을 받았다.

"뭐?"

"최초 증상이 피로와 탈진이래."

"나는 코로나에 걸린 게 아니야. 코리나에 걸렸어." 다비드가 대꾸했다.

"숨 쉬기 힘들어?"

다비드가 깊게 한숨을 내쉬었다.

"이리 와 봐." 코리나가 그의 이마에 손을 짚었다. "이미 시작된 것 같네. 이제 곧 열이 날 거야. 밤새 내가 검색해 봤어. 중국인들이 서구를 멸망시키려고 그 바이러스들을 만들어 냈다고 하더라."

"바이러스엔 '들'을 붙이지 않아."

"미국인들이 중국을 망하게 하려고 우한에 바이러스들을 풀었다고 하는 사람들도 있고." 코리나는 굴하지 않고 하려던 말을 했다.

"하지만 가장 유력한 가설은, 백신으로 돈을 벌려는 거대 제약 회사들이 병을 퍼뜨렸다는 거야." 다비드가 그 말을 가로챘다.

코리나가 깜짝 놀라 그를 쳐다봤다. "너 그 얘기 어디서 들었어?"

다비드는 개의치 않고 말을 이었다. "거기에다 시민

들을 감시하고 통제하는 5G 통신망을 구축하려는 비밀 정부가 암암리에 개입했지."

"넌 정말 모든 걸 꿰뚫고 있구나. 그건 온 세상이 감춰 온 비밀인데!" 코리나가 과장되게 놀라며 다비드를 추켜세웠다.

다비드도 맞장구를 쳤다. "내가 이런 사실을 알고 있는 이유는, 화학물질을 분사해서 사람들을 바보로 만드는 비행기가 더 이상 날지 않기 때문이야."

코리나는 웃으며 부엌으로 들어가 에스프레소 한 잔을 내려 다비드에게 가져다줬다.

"오, 고마워." 다비드가 소파에 기댄 채로 말했다. 코리나는 그 곁에 앉아 그의 눈을 바라봤다.

"자, 이제 그거 하자." 코리나가 말했다.

"그거?" 다비드가 깜짝 놀라 물었다.

"네 동료분께 문자 보내자고. 나 어제 검색도 해봤어. 정말 좋은 사람처럼 보이더라. 그러니까 문자 보내 봐."

"무슨 문자?"

"쇼핑 리스트."

"메르세데스에게 두루마리 휴지를 사달라고 부탁할 수 없어!"

"왜? 그 사람은 화장실에 안 갈 것 같아? 여신이라

서? 그냥 전화해 봐."

"전화번호 몰라."

"그럼 이메일을 보내. 홈페이지에 이메일 주소 있을 거 아니야."

"뭐라고 써야 하는데?" 다비드가 물었다.

"간단하지. 이렇게 쓰면 돼. 친애하는 메르세데스! 당신은 세상에서 가장 멋진 여인이에요. 나머지 수억 명을 다 만나 보지 않아도 나는 그걸 알 수 있어요. 운명이 세상에서 가장 멋진 여인을 동료로 만나도록 이끌었다는 것을요."

"잘 아네." 다비드가 고개를 끄덕이며 말했다.

"난 지금 달걀, 햄, 고기, 그리고 구형 삼성 갤럭시폰 충전기가 필요해요."

코리나는 노트북 앞으로 가서 메일을 열었다.

"흠, 이름이 뭐더라……. 메르세데스 데 라 코스타……. 뒤에다가 학교 도메인을 붙이면 되겠네. 자, 다 됐다. 친애하는 메르세데스!"

"안 돼!" 다비드가 소리를 질렀다.

"돼! 그냥 해버려!"

다비드는 코리나의 단호한 목소리에서 자신의 저항이 별 소용없으리란 걸 직감했다. 그렇다면 혹시 괜찮을지도…….

"그럼 '친애하는'은 빼자!" 다비드가 말했다.

"그냥 '안녕'으론 좀 부족하잖아? '친애하는'을 쓰되 좀 다르게, 이름과 성을 같이 쓰자. 친애하는 메르세데스 데 라 코스타, 이미 아실지도 모르겠으나 지금 저희가 일종의 비상 상황에 처했습니다." 코리나가 말했다. 드디어 와인을 마실 수 있다고 생각하니 벌써 기분이 좋아지는 것 같았다. 충전기와 부드러운 햄샌드위치도 벌써 눈앞에 있는 것 같았다.

"아니지! 제가 지금 일종의 비상 상황에 처했습니다." 다비드가 급히 수정했다.

"너보단 내가 훨씬 더 비상인데?" 코리나가 반박했다.

"그래, 하지만 그녀는 내가 혼자 있는 걸로 알고 있잖아. 그리고 그게 더 불쌍해 보이지. 그리고 우리는 존댓말을 쓰지 않아. 동료들끼리는 모두 반말을 써."

다비드의 말에 코리나는 그를 빤히 바라봤다. 어쩌면 애는 내가 생각하는 것보다 훨씬 더 순진할지도 모르겠네. 그리고 코리나는 다비드가 말하는 대로 메일을 쓰면서 다비드와 틴더에서 나눴던 대화를 떠올렸다. 그는 말을 잘했다. 보통 이상으로 잘하는 편이었다. 메일이 완성되자 코리나가 처음부터 소리 내서 읽었다.

"와인을 네 병이나 부탁하다니. 메르세데스는 분명 내가 고기에 환장한 알코올 중독자인 줄 알 거야." 다비드가 투덜거렸다.

"아르헨티나인 한 사람이 매년 소를 열 마리씩 먹는데. 그리고 그 사람들은 물 안 마셔. 커피 아니면 와인만 마시지. 자, 이제 보낼까?"

"맞춤법 틀린 건 없지?"

"나보고 그런 거까지 확인하라고?" 코리나는 머뭇거리면서 한 마디 덧붙였다. "그리고, 혹시 네 동료분께서…… 마리화나를 조금 가져다주실 수 없겠지?"

"코리나!" 다비드가 놀라 소리쳤다. 어차피 코리나도 진지하게 한 말은 아니었다.

메일이 전송되는 소리에 그녀의 심박수가 상승했다. 머지않아 그녀에게 충전기가 배달될 것이다. 화이트 와인도!

"자, 이제 유튜브로 노래 좀 틀어 줘. 제목은 「하트 앤드 솔Heart and Soul」, 가수는 베아 웨인. 웨인 철자는 W 다음에 E가 아니라 A야." 다비드가 말했다.

코리나는 동영상을 찾았다. 젊고 매력적인 여성이 빅밴드 앞에 서서 노래를 부르고 있었다. 다비드가 피아노로 쳤던 바로 그 곡이었다. 코리나는 그 가수에, 그 묘한 목소리에, 그리고 사람을 빨아들이는 그녀의 분위기에 압도됐다. 음악에 완전히 녹아든 그녀는 자신이 노래 그 자체가 되고 있었다. 메르세데스의 연주보다도 아름다웠다. 소름이 돋을 정도로 아름다웠다. 그래서 두려웠다. 코리나는 늘 다른 사람에게 감동을 받고 존경심을 가졌지만 동시에 거부감도 느꼈다. 음악에서 오는 감동과 자기 연민이 뒤섞여 갑자기 눈물이 났다. 이 감옥살이를 어떻게 열흘이나 더 견디지? 다비드는 왜 가까운 듯 멀게 느껴질까? 그리고 언제쯤 모든 자존심을 내려놓고 첫째 날 밤에 무슨 일이 있었는지를 물어볼 수 있을까?

5일 차 아침: 애플과 갤럭시

메르세데스는 아직 답이 없었다. 다비드는 조금 불안해졌다. 직장 동료가 치근거린다고 느꼈으면 어떡하지? 혹시 이메일을 보낸 것을 사생활 침해라고 생각한다면? 메르세데스 데 라 코스타. 다비드는 오래전부터 그녀를 동경했다. 솔직히 말하자면, '동경' 이상의 감정을 가졌다. 그는 그녀를 하늘처럼 우러러봤다. 문제는 이 년 전 그녀를 교무실에서 처음 본 이후 시종일관 우러러만 봤다는 것이었다. 하늘은 너무 멀리 있었다. 쉽게 말해, 닿을 수가 없었다.

다비드는 운동을 했다. 아령을 들고, 윗몸일으키기를 하고, 다시 아령을 들었다. 매일 하는 일이었지만 오늘은 유독 그 움직임에 초조함이 묻어났다. 그는 운동으로 불안을 가라앉히려 했다. 앞으로 열흘을 어떻게 버틸

것인가? 소파는 코리나가 하루 종일 뭉개고 있는 덕분에 완전히 푹 가라앉았다. 거실에는 그녀의 옷가지가 전날보다 더 너저분하게 널려 있었다. 그리고 소파 옆에 놓인 먹다 만 쌀과자 한 봉지. 당연히 카펫에도 과자 부스러기를 잔뜩 흘려 놨겠지. 소리로 짐작건대 코리나는 방금 샤워를 끝낸 모양이었다. 욕실이 엉망으로 어지럽혀져 있을 생각을 하니 다비드는 또다시 신경이 곤두섰다. 운동한 세트가 끝날 때마다 그는 노트북으로 시선을 던졌다. 보건복지부는 방역 수칙을 더욱 강화했다. 확진자가 날로 늘었다. 경제는 무너졌다. 메르세데스는 아직 소식이 없었다.

코리나가 몸에 수건 한 장을 휘감고 뚜벅뚜벅 거실로 들어섰다. 머리카락은 젖은 채였다. "나 입을 옷이 없어." 그녀가 말했다.

"내 눈엔 옷이 보이는데." 다비드가 대답했다.

"다 빨아야 해. 그리고 일주일 내내 같은 옷만 입고 살 수는 없어."

그녀는 달력을 들여다보고는 잠시 숨을 멈춘 뒤 외쳤다. "말도 안 돼!"

"뭐가?"

"오늘은 다섯째 날이야! 다섯째 날이라고!"

"맞아, 다섯째 날이야." 다비드가 한숨을 쉬며 말했다.

"그런데 왜 달력을 안 뜯은 거야? 네가 이렇게 무질서한 사람일 줄 몰랐어." 코리나가 날이 선 말투로 말했다.

"그건 아마도 네가 여기에 온 이후로 내가 질서란 개념을 내려놓았기 때문이겠지."

코리나는 그 말에 진심으로 놀랐다. "나는 무질서하지 않아. 이게 내 질서야! 그건 그렇고, 네가 준 쌀과자에서 스티로폼 맛이 나."

코리나는 보란 듯이 명랑한 척하며 달력을 한 장 뜯었다. 바야흐로 다섯째 날이 밝았다.

"아직 절반도 안 지났어. 제발 내가 돌아 버리기 전에 끝났으면." 그녀가 말했다.

"난 이미 세탁기 표준 모드처럼 돌고 있어. 말이 나와서 말인데, 세탁기는 욕실에 있어." 다비드는 무질서하게 쌓인 빨래 더미를 가리키며 말했다. 코리나는 알 바 아니라는 듯 무시하며 담배에 불을 붙였다.

"어쨌든, 오늘 빨래를 하긴 할 거야. 오후까지 살아 있어야 할 이유를 하나라도 만들려고 최대한 미루고 있는 거야." 코리나가 변명하듯 말했다.

"아, 그런 거였구나. 그 말 들으니까 힘이 막 나는데? 그건 그렇고, 확진자 수가 계속 늘고 있어. 속도가 좀 줄긴 했지만. 미국은 이제 막 시작이고. 이탈리아에서는 어제 하루에만 사망자가 470명이나 나왔어. 그리고 어차피 돌리는 거 세탁기 다 채우게 내 빨래 중에 몇 개 골라서 같이 돌리는 게 좋을 거야."

"빨래를 같이 돌리자고?" 코리나가 깜짝 놀라 물었다.

"절약되고 좋잖아. 나는 항상 빨래를 삼십 도에서 돌려. 환경에도 덜 해롭고 옷감도 덜 상하거든. 그래도 색깔은 구분해야 해. 흰색은 흰색끼리, 어두운색은 어두운색끼리, 밝은색은 밝은색끼리. 세제는 정량의 절반만 넣어도 충분해."

"그밖에 다른 법칙은 없니?" 코리나가 물었다.

"울 스웨터는 절대 세탁기에 돌리면 안 돼. 회색 울 스웨터 말이야. 그거 내가 제일 좋아하는 옷이야. 그건 단독 손빨래해야 해." 다비드가 진지하게 설명했다.

코리나는 대답 대신 발코니로 나가서 담배를 피웠다.

"수건 한 장만 걸치기엔 너무 춥지 않아?" 다비드가 다시 운동을 시작하며 물었다.

코리나는 고개를 흔들었다. 그리고 담배를 다 피우

고 들어오면서 말했다. "샴푸가 다 떨어졌어. 메르시에게 추가 목록을 보내야 할 것 같아. 답장은 왔어?"

"안 왔어. 그리고 그 사람 이름은 메르시가 아니라 메르세데스야! 그런데 어떻게 샴푸를 벌써 다 쓴 거야? 새로 산 지 삼 주밖에 안 됐는데."

"글쎄, 여자랑 남자가 머리 감는 방법이 달라서? 그건 그렇고, 네 면도기도 좀 썼어. 다리털도 밀고 또 다른 데도 여기저기."

"다른 데라니? 재미있네!" 다비드가 눈썹을 치켜들며 말했다.

"뭐, 볼 거 다 본 사이이니까 상관없잖아." 코리나가 퉁명스럽게 말했다.

"보다니? 보긴 뭘 봐?" 다비드가 모르는 척하며 물었다.

"기억 안 나?"

"기억이 안 나는 건 너지! 나는 다 기억해!"

그때 다비드의 노트북에서 '딩동' 하는 소리가 났다. 다비드가 뒤를 돌아봤다.

"메르세데스가 답장을 했어!" 다비드가 흥분해서 소리를 질렀다.

코리나가 화면으로 다가갔다. "뭐라고 왔어?"

"내 메일이야!" 다비드가 노트북을 낚아챘다.

"내가 쓴 메일에 온 답장이잖아!" 코리나도 물러서지 않았다.

그래도 다비드는 혼자서 메일을 읽었다. 그러고선 흥분을 감추지 못했다.

"소리 내서 좀 읽어 봐!" 코리나가 재촉했다. 햄과 와인, 충전기에 대한 기대 때문이기도 했지만, 한편으로는 메르세데스란 사람이 궁금하기도 했다. 메르세데스와 다비드 사이에 뭔가 있는 게 분명했다. 코리나는 그 방면으로 촉이 좋은 편이었다.

"아주 다정한 어조야!" 다비드가 말했다. 이미 홀딱 반한 목소리였다.

"다비드!" 코리나는 메르세데스가 뭐라고 답을 했는지 듣고 싶었다.

"가만히 좀 있어 봐. 읽어 줄게." 다비드가 말했다.

친애하는 다비드!

"'친애하는' 다비드?" 코리나가 외쳤다.

"맞아!" 다비드의 목소리가 들떠 있었다. **친애하는 다비드! 소식을 전해 줘서 고마워. 깜짝 놀란 만큼 반가웠어.**

"독일어 잘하시네."

"그래, 그러니까." 다비드가 메일을 마저 읽었다. **친애하는 다비드! 소식을 전해 줘서 고마워. 깜짝 놀란 만큼 반가웠어. 감염 여부가 확인될 때까지 십사 일이나 격리돼야 한다는 사실이 너무 놀랍고 가슴이 아프다. 혼자서 그런 상황을 견뎌야 한다니 너무 끔찍할 것 같아.**

"완벽해. 보호본능과 모성애가 동시에 발동됐어!"

"거봐, 네 얘기를 안 하길 정말 잘 했지."

"그래, 나는 무시당해도 괜찮아. 게다가 상처도 안 받거든."

다비드는 대꾸도 하지 않고 계속 메일을 읽었다. **반가웠던 이유는 내가 너를 도울 수 있고**

"우리가 가까워질 수 있어서야!" 코리나가 선수를 쳤다.

"그걸 어떻게 알아?"

"나를 믿어. 나는 너보다 여자를 잘 알아."

반가웠던 이유는 내가 너를 도울 수 있고 요즘같이 아무도 만날 수 없을 때 너와 개인적으로 연락할 수 있게 되어서야. 다비드가 문장을 마저 읽었다.

"오! 그 사람이 한 발 가까이 다가왔네."

"정말 다가온 것 같아? 진짜로? 확실히? 정말?"

"다비드! 이건 완전 대놓고 초대장을 보내는 거야."

"그게 무슨 뜻이야? 이제 난 어떻게 해야 하는 거지?" 다비드의 다리가 후들거렸다.

"일단 읽던 거나 마저 읽어 봐."

기꺼이 오늘 오후에 장을 봐서 너희 집 문 앞에 가져다 놓을게. 네가 부탁한 와인은 나도 즐겨 마시는 거야. 가격도 착하고 괜찮지. 그건 그렇고, 네가 부탁한 햄은 그만큼 많은 양을 구할 수 있을지 모르겠지만 한번 해볼게. 이 문장 다음에 웃는 이모티콘이 있다고 말하고선 다비드는 계속 편지를 읽었다. 개인적으로 나는 채식주의자야. 아르헨티나에선 드문 일이지만. 그리고 담배는 피우지 않아서 잘 모르지만 네가 부탁한 담배도 사갈게. 다비드가 원망스러운 눈빛으로 코리나를 쳐다봤다. "네가 부탁한 햄이랑 담배 때문에 내 이미지가 완전히 엉망이 됐어!"

코리나는 낄낄대며 웃었고, 다비드는 다시 메일을 읽었다. 미안하지만 구형 삼성 갤럭시 충전기는 나한테 없어. 나는 아이폰만 쓰거든. 이 대목에서 다비드는 스티브 잡스가 무덤에서 일어나 이 희귀한 인연을 연결해 줬다고 믿는 듯 했다. "메르세데스도 애플만 쓰나 봐!"

"그래, 역시 좋은 동네는 다르구나." 코리나가 심드렁하게 대꾸했다.

다비드는 메일을 계속 읽었다. 하필 이럴 때 충전기가 고장 나다니. 내가 핸드폰 가게에 들러 볼게. 돈은 걱정하지 마. 일단 내가 계산하고 영수증을 줄게. 돈은 나중에 줘도 괜찮아. 필요한 게 더 있을 텐데 안쓰럽네. 벨을 누르고 상자를 문 앞에 두고 갈게. 네가 연락 줘서 정말 기뻤어. 그럼 안녕. 마음을 담아, 메르세데스. 다비드가 감동에 젖은 눈으로 코리나를 바라봤다. "'마음을 담아서'래! 메르세데스가 '마음을 담아 안녕'이라고 했어!"

"그녀의 '마음을 담은' 햄을 먹게 될 생각을 하니 정말 설렌다." 코리나가 맞장구를 쳤다.

"나도 오늘 오후가 정말 기대돼! 드디어……."

코리나가 크게 웃으며 말을 받았다. "그래 다비드, 오늘 오후에는 정말 멋진 데이트를 하게 될 거야!"

5일 차 점심: 나체

코리나는 빨래를 같이 돌리자는 다비드의 제안에 유달리 민감하게 반응했다. 왠지 그건 아주 친밀한 사이에서만 가능한 일인 것 같았다. 실제로 코리나는 빨래를 널면서 이미 다비드와 결혼한 것 같은 기분을 느꼈다. 하지만 다비드가 빨래 바구니에서 자기 옷만 쏙 빼내 아주 소중한 것을 다루듯 양말을 한 켤레씩 짝 맞춰 가지런히 건조대에 너는 꼴을 보니 그런 기분은 싹 사라졌다. 빨래가 끝나자 코리나는 이불을 덮고 소파에 드러누워 다비드의 창고에서 찾아낸 에디트 피아프의 전기를 읽었다. 소파 옆엔 접시와 컵, 다 먹은 쌀과자와 시리얼 봉지가 쌓여 있었고, 바닥에는 그녀의 신발과 재킷이 널려 있었다. 다비드가 화가 난 발걸음으로 코리나에게 다가갔다.

"코리나, 다 치운다고 약속했잖아!"

"금방 할게."

"한 시간 전에도 그렇게 말했어!"

코리나는 책에서 눈을 떼지 않으며 말했다. "다비드, 십팔 년 동안 '금방 할게'라는 말을 듣고 사는 부모님도 있어. 십팔 년이 지나면 자식들은 엉망진창으로 만들어 놓은 방을 그대로 두고 부모 곁을 떠나 버리지."

"그래서 무슨 말이 하고 싶은 건데?"

"한 시간은 그리 긴 시간이 아니라는 뜻이야. 더 정확히 말하자면, 내겐 집을 치울 날이 앞으로 구 일이나 더 남았다는 뜻이지."

"하지만 좀 있으면 그 사람이 온단 말이야!"

"누구?"

"메르세데스!"

"그래서?"

"이렇게 난장판인 집을 보면 나도 똑같이 지저분한 인간이라고 생각할 거 아니야!"

"무슨 난장판?"

"신발…… 외투…… 다 썩은 피자! 양말, 팬티, 그리고 브래지어!"

코리나는 이불 밖으로 삐져나온 자기 발을 멀뚱히 바라보다가 문득 고개를 들어 반짝이는 눈으로 다비드를 쳐다봤다.

"아, 무슨 말인지 알겠다. 그 사람이 나를 볼까 봐 겁나는 거지?"

"아니야, 꼭 그런 건 아니지만, 벌써 메르세데스는 내가 고기를 먹고 담배를 피우는 사람이라고 생각하고 있는 데다……."

"……게다가 삼성 핸드폰을 쓴다고……."

"……심지어 빨래가 널려 있는 꼴을 보면…… 내가 여자 옷을 입는 성도착증 환자라고 생각할 거야, 분명히!"

"내가 뭘 하면 돼?"

"정리!"

"내가 지금 정리를 시작하잖아? 그럼 너 진짜 성도착증 환자가 돼." 코리나가 갑자기 목소리를 높였다.

"그게 무슨 소리야?"

"왜냐하면 지금 나는 아무것도 안 입었거든! 내 옷들을 깨끗하게 빨아서 깔끔하게 널어 말리고 있으니까! 그건 그렇고, 네가 먹는 시리얼은 포장지 조각처럼 생겼더라. 맛도 꼭 포장지 맛이야."

그때 초인종이 울렸다.

"세상에, 메르세데스가 왔나 봐!" 다비드가 소리쳤

다. 다비드는 겁에 질린 강아지처럼 같은 자리를 맴돌았고 코리나는 그 모습을 즐겁게 구경했다.

"내가 확!" 코리나가 이불을 걷어 내겠다는 듯 위협적인 손짓을 하며 말했다. "여기서 뛰쳐나가 문을 열어버릴까?"

"그러기만 해!" 다비드가 코리나의 신발을 숨기고 그녀의 외투를 걸면서 소리쳤다. 그는 코리나의 속옷이 걸린 빨래 건조대를 어디에 숨겨야 할지 몰라 허둥대다가 결국 피아노 뒤로 밀어 넣었다. 그러고선 재빨리 '대천사 미카엘의 에너지 정화 스프레이'를 거실에 뿌렸다. 코리나는 그 모습을 어이없다는 듯 지켜봤다.

"설마 집으로 들어오라고 할 거야? 너는 마스크도 없잖아."

다비드가 빨래 건조대에서 코리나의 티셔츠를 걷어 대충 입과 코가 가려지도록 묶었다. 그러고선 크게 숨을 들이쉬고 문으로 걸어가다가, 소파 앞에 멈춰서 코리나가 덮고 있던 이불을 들어 올려 그녀의 머리까지 덮으며 말했다. "움직이지 말고 누워 있어. 아무 소리도 내면 안 돼!"

그는 애써 태연한 척 현관으로 걸어가서 가만히 문을 열었다. 그리고 다비드를 맞이한 건 폭이 좁고 기다란 상자뿐이었다. 코리나는 여전히 이불을 덮고 누워 있었다.

"히히히. 나는 지금 먼지야." 코리나가 이불 속에서 말했다.

"이게 뭐야……. 메르세데스가 아니라 택배였어." 다비드의 목소리에서 실망감이 묻어났다.

"택배 기사가 이 안을 들여다봤어?" 코리나가 이불을 덮은 채 물었다.

"아니. 그냥 문 앞에 두고 갔어. 문을 열었을 땐 아무도 없었어."

"다행이네. 여길 들여다봤다면 분명 네가 시체를 숨기고 있다고 생각했을 거야."

"그럴 만도 하지. 피자에서 썩은 냄새가 진동하니까."

"빨래 좀 말랐어?"

"응." 다비드는 대답하면서 얼굴을 가렸던 티셔츠를 풀어 다시 건조대에 널었다.

"그럼 나 지금 일어나서 옷 입는다!" 코리나가 선언하듯이 말했다. 다비드는 눈이 풀린 채 그 자리에 멍하니 서 있었다.

"다비드?"

"응?"

"나 옷 입는다니까?"

"아, 그래." 다비드는 대답하고선 부엌으로 사라졌다.

코리나는 이불을 바닥에 던지고 몸에 묻은 시리얼 부스러기를 탈탈 털어 낸 다음 옷을 입었다. 그러면서도 눈길은 방금 배달된 폭이 좁고 기다란 택배 상자에 고정돼 있었다. 아무리 뚫어지게 쳐다봐도 그 안에 무엇이 들어 있는지 알 수 없었다.

5일 차 저녁: **쓰레기**

코리나는 「하트 앤드 솔」의 멜로디에 완전히 중독됐다.
베아 웨인이 호소력 짙은 목소리로 부르는 노래를 일곱
번 넘게 듣고 나서 인터넷에서 찾을 수 있는 모든 버전을
다 찾아 들었다. 다양한 레벨의 피아노 레슨 동영상도 있
었고, 어린 소녀가 자기만의 감성으로 연주하는 동영상
도 있었다. 그 영상들을 보며 코리나는 오래전 사라졌던
열정이 제대로 발휘됐다면, 자기가 지금 어떤 모습일지
대략적으로나마 그려 봤다. 세상에는 자기보다 노래를
더 잘하고, 피아노를 더 잘 치고, 더 예쁘고, 더 어린 여자
들이 수백만 명까지는 아니라도 수천 명은 있었다.

코리나는 그런 여성 중 한 사람이 허스키한 목소리
로 여유롭게 「하트 앤드 솔」을 부르는 유튜브 동영상을
틀어 놓고 저녁을 차렸다. 세팅은 완벽하게. 웨이트리스

로 일하면서 매일같이 해온 일이었으니까. 마침내 축제가 시작됐다. 드디어 스티로폼 맛이 나는 시리얼과 두유가 아닌 다른 음식을 먹을 수 있게 됐다!

메르세데스는 그날 오후, 다비드의 집 문 앞에 커다란 상자를 살며시 놓고 갔다. 그 순간을 놓쳐 버린 다비드는 실망감을 드러내지 않기 위해 코리나에게 괜히 더 친절하게 굴었다. 그는 코리나가 친애하는 동료분이 상자 맨 위에 '몽 셰리Mon Chéri' 초콜릿을 올려놓았다고 강조하는 말에서 위안을 얻으려고 애썼다. 다비드는 처음엔 '몽 셰리'에서 별 의미를 찾지 못했지만 코리나가 계속 이건 가까워지고 싶다는 신호 중 하나라며 희망을 심어 줬다. 메르세데스가 현상금이란 뜻의 '바운티Bounty'나 화성이란 뜻의 '마스Mars'를 살 수도 있었는데, 굳이 '내 사랑'이란 이름의 초콜릿을 택한 데는 각별한 의미가 있다고 주장하면서.

코리나는 바게트와 후무스, 토마토와 치즈, 햄과 살라미를 커다란 접시에 올리고 화분에서 바질 이파리 몇 개를 뜯어 가장자리를 장식했다. 코리나에게 메르세데스는 은인이었다. 그러면서도 그녀에게 마냥 고마워하지 못하는 스스로가 의아했다. 고마움과는 별개로 다른 감정이 남아 있었다.

그녀는 접시 양쪽에 냅킨을 펼쳐서 오늘의 분위기와 걸맞은 왕관 모양을 만들었다. 전체적으로 코로나바이러스를 형상화한 식탁이 차려졌다. 완벽해, 정말 완벽해. 무엇보다 식탁에 놓인 와인이 그녀를 설레게 했다. 드디어 다시 술을 마신다!

그새 다비드는 벽에 포스터를 걸고 있었다. 폭이 좁고 기다란 택배 상자 속에는 의외의 물건이 들어 있었다. 상자 속 고급 인화된 그림 세 장. 그것은 에드워드 호퍼의 작품 「아침 해Morning Sun」, 「두 코미디언Two Comedians」, 「밤을 지새우는 사람들Nighthawks」이었다. 언제나 급하지 않은 물건들이 꼭 필요한 물건들보다 빨리 배달되는 법이다.

"이 그림들 너랑 안 어울려."

"나 좋으려고 산 거 아니야. 네가 좀 편안해질 수 있을까 해서 산 거라고." 다비드가 설명했다.

그는 한 발짝 물러서서 그림을 감상했다. 방 안에 외로이 앉아 있는 여인, 불 꺼진 무대 위에 서 있는 나이 든 커플, 그리고 텅 빈 거리 귀퉁이에 위치한 바에 앉아 허공을 바라보는 손님들.

"이걸 보고 있으니까 호퍼가 코로나 시국을 그린 것 같아. 이미 칠십 년 전에 예상을 했나 봐. 방 안에 홀로 있거나, 같이 있어도 거리를 두고 있고, 바에서도 다들 서로 거리를 유지하고 있어. 최소 일 미터씩은 떨어져 있는 것 같지?"

코리나가 미소를 지으며 말했다. "넌 참 귀여운 엉덩이를 가졌어, 다비드."

다비드는 얼굴이 붉어지는 동시에 화가 났다. "아 그래? 고마워. 너는 화제를 전환하는 데 있어서는 최고야."

"이제 내가 뭘 할 거 같아?" 코리나가 물었다.

"음…… 식사?"

"우리의 로맨틱한 저녁을 위해!"

"촛불 켤까?"

"가서 쓰레기 좀 버리고 올게."

"집 밖에 나가면 안 되는데."

"그럼 네가 메르세데스에게 버려 달라고 부탁할래?"

"그건 있을 수 없는 일이지."

"그럼 어떻게 하자고? 저기서 진짜 지독한 냄새가 나! 그리고 그건 내 책임이고. 이 건물에서 나를 아는 사람은 아무도 없으니까, 내가 격리 수칙을 일 분 정도 위반해도 아무도 눈치 못 챌 거야. 건물 뒤에 쓰레기장 있지?"

"알았어. 열쇠 가지고 가야 해. 뒤로 나가서 오른쪽이 쓰레기장이야. 열쇠는 현관문에 걸려 있어."

"알았어." 코리나가 흔쾌히 대답했다.

"하지만 만약 그 사이에 보건소에서 누가 찾아오면? 그때 네가 집에 없으면 어떡하지? 아니면 네가 내려가다가 우연히 보건소 사람과 마주치면?" 다비드가 걱정을 쏟아 냈다.

"그동안 한 번이라도 보건소에서 우리를 찾아온 적이 있어? 그 사람들은 지금 다른 할 일이 많을 거야." 코리나가 그를 안심시켰다.

"경찰이 올 수도 있잖아?"

"다비드, 지금이 공산주의 시대야?"

"가끔은 그런 게 아닐까 의심스러울 때도 있어. 밀고자가 있어서 모든 걸 신고할 것 같아."

"쫄지 마. 일 분 안에 갔다 올 거니까."

코리나는 초에 불을 붙였다. 둘을 위한 완벽한 저녁이었다. 신선한 햄과 바삭바삭한 빵, 그리고 못지않게 신선하고 바삭바삭한 남자와 함께할 로맨틱한 저녁을 떠올리자 마음이 설레는 동시에 불편했다. 이게 다 무슨 짓이지? 소소한 즐거움으로 자가 격리의 고통을 잊으려는 몸부림? 메르세데스와 경쟁해야 하는 거라면 애초에 희망 따위는 갖지 않는 게 좋을걸. 그 사람은 나보다 훨씬 아름답고, 매력적이고, 성실하고, 성공했고, 재능 있고, 모든 면에서 월등하니까.

코리나가 한 손엔 커다란 쓰레기봉투를, 다른 손엔 외투와 신발, 그리고 열쇠를 들고 문밖으로 나가는 동안, 다비드는 마지막 그림을 벽에 걸었다.「두 코미디언」. 그는 오랫동안 그림을 바라봤다. 나이 든 남녀 배우 한 쌍은 표백된 듯 새하얀 옷을 입고 있었다. 여성은 스카프를 머리에 두르고, 남성은 모자를 썼다. 그들은 손을 잡고 무대 위에서 허리 숙여 인사를 했지만, 눈앞에 펼쳐진 광경에 당황한 듯 머뭇거리고 있었다. 다비드는 노트북을 열어 그림 설명을 읽었다. 호퍼는 여든세 살에 이 그림을 그렸다. 사람들은 호퍼가 자신과 아내를 신이 연출한 희극의 연기자로 묘사했다고 추정했다. 마지막 박수를 받는 두 노인. 생의 무대에서 내려올 시간. 이 그림을 그린 이듬해, 호퍼는 세상을 떠났다.

그런데 코리나가 나간 게 언제였지? 다비드는 혼잣말을 하며 핸드폰을 확인했다. 이미 한참 전에 돌아와야 했는데? 그는 발코니로 나가 아래를 내려다봤다. 아무도 없었다. 마치 에드워드 호퍼가 그려 놓은 것처럼 거리는 완벽하게 비어 있었다. 다비드는 음악을 껐다. 이제 「하트 앤드 솔」은 질릴 만큼 들었다. 방 안이 고요해졌다. 코리나가 사라졌다. 쓰레기통을 못 찾아서 헤맸다 해도 지금쯤이면 돌아오고도 남을 시간이었다. 그는 복도로 나가 무슨 소리가 들리는지 귀를 기울였다. 고요하다. 무슨 일이 생긴 걸까? 아니, 대체 무슨 일이 생길 수 있단 말인가? 이 동네는 치안이 좋기로 유명한데……. 진짜로 경찰에게 잡혀갔나? 그는 피아노 앞에 앉아 대충 건반을 눌러 봤지만, 초조함은 사라지지 않았다. 그는 창밖을 내다보다가 다시 핸드폰을 확인했지만 아무런 연락도 없었다.

그는 옷장으로 가서 겨울옷 서랍을 열고 목도리 하나를 꺼내 입과 코가 푹 덮이도록 머리 전체를 감쌌다. 그러고선 보조 열쇠를 챙겨서 현관문을 열고 계단을 내려가 쓰레기장으로 갔다. 코리나는 보이지 않았다. 혹시 엘리베이터에 갇혔나? 하지만 엘리베이터는 멈춰 있었다. 쓰레기장 문은 잠겨 있었다. 구멍에 열쇠를 넣어 문을 여는 다비드의 손이 떨렸다. 조명이 자동으로 켜졌다.

"코리나? 코리나!"

아무도 없었다. 첫 번째 쓰레기통을 열었다. 거기엔 상한 피자가 담긴 노란 쓰레기봉투가 들어 있었다. 다비드는 쓰레기통을 닫고 도망치듯 집으로 돌아왔다. 발코니로 나가 아래를 내다봤다. 고양이 한 마리가 도로를 유유히 가로지르고 있었다. 그가 큰 소리로 이름을 불렀다. 텅 빈 도시의 거리에 쩌렁쩌렁 울리도록.

"코리나!"

다비드는 거실로 돌아와 자신의 핸드폰 옆에 나란히 놓인 코리나의 핸드폰을 발견했다. 핸드폰도 가져가지 않았다. 전원은 이미 꺼진 상태였다. 코리나가 다시 돌아올까? 이렇게 갑자기 사라지면 안 되는 거잖아! 다비드를 뒤덮은 걱정과 분노는 시간이 지나면서 천천히 흐려져, 결국 체념과 포기에 이르렀다. 그는 바게트를 집었다가 다시 내려놓았다. 토마토 하나를 먹고선 촛불을 껐다. 그러곤 소파에 누워 코리나가 덮던 이불을 덮고 멍하니 천장을 바라봤다.

6일차: 각성

다비드는 자기가 코 고는 소리에 놀라 잠에서 깼다. 옆
으로 누워 자는 날엔 매번 그랬다. 무슨 일이 있었는
데……. 이상한 일이 있었는데, 뭐였더라? 그는 깜짝 놀
라 두 다리를 움찔하며 소파에서 일어났다. 맞다, 코리
나가 없어졌지. 사라졌어. 발코니 창을 통해 아침 햇살
이 그의 얼굴 위로 쏟아졌다. 하늘은 구름 한 점 없고 지
나치게 새파란 색이었다. 하지만 그의 기분은 맞은편 빈
집의 우중충한 외벽과 닮아 있었다. 눈을 돌려 벽에 걸린
그림을 쳐다보니, 지금 자신의 모습이 호퍼의 「아침 해」
속 장면과 똑같았다. 그림 속 외롭게 앉아 있는 인물이
여자라는 점만 달랐다. 다비드는 잠시 지독한 슬픔에 빠
졌다가 다시 분노했다. 코리나는 항상 이런 식이야! 심지
어 눈앞에 없는 데도 계속 생각하게 해.

다비드는 지금부터 코리나에 대한 원망과 슬픔에 잠식되지 않기로 결심했다. 그는 자리에서 벌떡 일어나 발코니로 가서 아래를 내려다봤다. 작은 빵집 앞에 몇몇 사람이 줄을 서 있었다. 코리나의 모습은 보이지 않았다. 다비드는 손도 대지 않은 어젯밤의 만찬에서 빵 하나를 집어 들어 우적우적 씹으면서 달력 한 장을 뜯어냈다. 여섯째 날이었다.

다비드는 노트북을 열었다. 학교에서 메시지가 와 있었다. 수업을 온라인으로 대체한다는 내용이었다. 이탈리아에선 수백 명의 사망자가 나왔다. 미국에서도 확진자 숫자가 기하급수적으로 늘고 있었다.

코리나에게 정말로 무슨 일이 생겼으면 어떡하지? 국가가 봉쇄된 상황 속에서 정신 나간 짓을 하는 사람들이 많아지고 있다는 얘기를 들었다. 혹시 그가 열어 보지 않은 쓰레기통에 그녀의 시체가 들어 있었을까? 가서 확인해 봐야 하나?

독일에서는 방역 조치가 더 강화됐다. 백한 살 먹은 노인이 코로나에 걸렸다가 회복되어 퇴원했단 기사를 읽었다. 혹시 코리나가 코로나에 걸린 거라면? 갑자기 쓰러져서 병원 중환자실에 누워 있는 거라면? 그녀는 가방이나 핸드폰도 없이 집을 나섰으니, 아무에게도 연락

하지 못할 것이다. 혹시 그녀가 누구인지도 확인이 안 되는 상황이라면?

그건 그렇고, 온라인 수업은 어떻게 하지? 아이들이 흥미로울 만한 주제가 필요했다. 합동 연주회 같은 걸 해 볼까? 그러나 다비드는 이내 온라인 수업에 대한 생각을 지웠다. 아무리 다른 생각을 해도 기분이 나아지지 않았다. 코리나는 어디로 간 걸까? 왜 이런 짓을 한 거지? 혹시…… 극단적인 선택을 한 건 아니겠지?

한숨을 내쉬며 노트북에서 몸을 돌리던 다비드는 뒤에 있던 무언가, 아니 누군가와 부딪쳤다.

"헉, 코리나!"

"미안, 놀라게 하려던 건 아니었어!"

"코리나! 어떻게…… 어디에…… 어디서 나타난 거야?"

"순간 이동이라고 들어 보셨나요, 커크 선장님?"

"장난치지 말고, 코리나! 너 이러는 법이 어디 있어!"

"나도 알아, 불법이지……."

그 말에 순간적으로 다비드의 목소리가 커졌다.

"불법이라 그러는 게 아니야! 나 때문에 그러는 거야! 네가 나를 생각하면 이러면 안 되는 거야! 내가 얼마나 걱정을 했는지 알아?"

놀란 것도 잠시, 서서히 긴장이 풀어지자 다비드는 눈가가 촉촉해지는 걸 느꼈다. 볼을 타고 흘러내리는 눈물을 코리나에게 보이고 싶지 않아 그녀를 꼭 끌어안았다. 따뜻하고 기분 좋은 포옹이었다. 부드러우면서도 활력이 느껴졌다. 하지만 그의 눈물은 멈추지 않고 계속 흘러내려 결국 코리나에게 숨길 수가 없게 됐다. 그는 코리나를 안았던 손을 풀고 눈물을 닦았다.

"다비드……."

코리나는 자신을 걱정한 다비드의 모습에 깊은 감동을 느꼈다. 상상도 하지 못한 모습이었다. 코리나는 좀처럼 울지 않는 사람이었다. 어쩌다가 눈물이 맺혀도, 다른 사람 때문에 우는 일은 없었다. 오로지 자기 자신 때문에 눈물이 났다. 눈물은 코리나의 자기 연민을 극단적으로 부풀려서 필요 이상으로 스스로를 불쌍하게 여기도록 만들었다.

"도대체 어디 갔었어?" 다비드가 딸꾹질을 하며 물었다.

"내가 집에 왔을 때 보니까 네가 그렇게 걱정하는 거 같지 않던데? 엄청 깊고 편하게 자고 있었거든."

"그렇게 말 한마디 없이 사라지면 안 되는 거잖아!"

"왜 안 돼?"

"내가 걱정하니까!"

"왜 네가 나를 걱정해?"

"네가 좋으니까. 뻔뻔하고 막무가내에 제멋대로인 네가!"

코리나는 그 말이 너무 좋아서 몸이 사르르 녹아내리는 것 같았다. 마음 같아선 다비드를 와락 껴안고 키스까지 하고 싶었다. 방금 전 그가 껴안았을 때 미친 듯이 좋았기 때문이다. 그녀는 자신이 보호받고 사랑받고 소중하게 여겨진다고 느꼈다. 그것은 마약 중독자가 약을 찾듯 반평생 동안 그녀가 찾아 헤매던 느낌이었다. 하지만 과거의 경험에 비춰 볼 때 그건 착각일 때가 많았다. 그런 감정을 느끼게 한 상대는 알고 보면 개자식일 때가 많았으니까.

"나도 널 좋아해. 이렇게 감정이 풍부하고 매사에 올바르고 가슴이 따뜻한 너를! 이런 걸 두고 코로나 시대의 로맨스라고 하나?" 코리나는 킥킥대며 말했고 다비드는 한숨을 내쉬었다.

"그런 거 아니니까 걱정하지 마." 다비드가 제정신을 차리고선 말했다. "나는 그냥…… 몇 시간 전에 깨달았거든. 혼자 있는 것보다는 차라리 너랑 같이 있는 게 낫다는 걸."

"살면서 이렇게 아름다운 사랑 고백은 처음 들어본다." 코리나가 받아쳤다.

"도대체 어디 있었어?" 다비드가 캐물었다.

"침대에." 코리나가 답했다.

"왜?" 그는 아직 상황 파악이 되질 않았다.

"왜냐하면…… 자려고?"

"네 잠자리는 거기가 아닌데 왜 거기서……."

코리나가 그의 말을 끊었다. "내 잠자리엔 네가 자고 있는데, 그 위에 올라가고 싶진 않았거든."

"집에는 언제 돌아온 거야?"

코리나가 소리 내어 웃었다. 십오 년 전까지 엄마에게 줄기차게 듣던 질문이었기 때문이다.

"공산주의가 진짜로 안 끝났나 보네?" 그녀가 말했다.

"농담하지 말고. 난 심각해. 언제야?"

그녀는 엄마에게 하던 대답을 다비드에게도 그대로 했다. "12시 전엔 들어왔어."

"그때까지 뭘 했는데?"

코리나는 잠시 고민했다. 사실 머릿속으로 메르세데스를 만나 대화를 나누는 장면을 상상하고 있었다. 도대체 이러는 이유를 알 수가 없었다. 내가 왜 그 사람을 신경 쓰고 있는 거지? 코리나는 결국 잠시 머릿속으로 펼쳤던 망상을 입 밖으로 끄집어냈다. 불순한 의도는 덤이었다.

"나 우연히 네 동료분을 만났어. 바로 옆 골목에 살더라. 메르세데스는 정말 친절한 사람이었어. 우리는 함께 산책하면서⋯⋯."

"그게 무슨 소리야?" 다비드가 당황해서 물었다.

"그 사람에게 다 얘기했어. 틴더에서 만난 우리 관계에 대해서. 처음엔 우리 둘 다 서로를 그리 좋아하진 않았지만, 어느 틈엔가 네가 내 매력을 발견하고 나에게 반하게 되면서⋯⋯."

"내가 너한테 뭘 발견했다고?"

"무엇보다도 네가 나의 유머 감각에 넘어갔지. 자가 격리가 좋은 기회가 됐고. 그리고 우리가 평생을 함께할 동반자가 될 것 같다고 얘기했어."

"무슨 소리야!" 다비드가 단호하게 외쳤다.

코리나는 반어법을 눈치채지도 못하고 부정부터 하는 다비드의 반응에 살짝 짜증이 났다. 하지만 신경 쓰지 않고 계속 이야기를 지어 나갔다.

"처음엔 메르세데스가 조금 슬퍼하는 것 같았지만 나중엔 진심으로 우리 둘의 앞날을 축복해 주는 것 같앉어.”

“코리나.” 다비드는 이제 웃기 시작했다. 그러나 완전히 안심하지는 못한 기색이었다.

얘는 진짜 내가 하는 말을 다 믿나 봐. 그의 표정을 본 코리나가 생각했다. 그녀는 담배에 불을 붙이면서 긴가민가하는 그의 모습을 조금 더 즐겼다. 그러고선 마침내 말했다.

“다비드! 그걸 진짜 믿어? 나는 여기서 더 견딜 수 없었어! 이 좁은 집…… 우리 둘…… 그리고 그놈의 질서! 게다가 저 그림들!”

“그림?” 다비드가 영문을 모르겠다는 듯 되물었다. “하지만 저건 너를 위해 걸어 놓은 건데?”

“내가 견딜 수 없었던 게 바로 그런 점이야!” 코리나가 큰 소리로 외치다가 목소리를 조금 낮췄다. “넌 정말 친절하고 자상해. 하지만…… 하지만 나는 너의 친절을 받을 자격이 없어. 그런 친절이 나를 불편하게 만들었다고! 그리고 문밖으로 나간 그 짧은 순간, 나는 아주 강렬한 기분을 느꼈어……. 자유의 느낌을!”

“자유? 쓰레기장에서?” 다비드는 코리나가 또 농담을 하는가 싶어 표정을 읽으려고 애썼다.

“그저 바깥에 있다는 게, 밖으로 나간다는 게, 혼자

있다는 게, 본래 내 모습이 됐다는 것에서 자유를 느꼈
단 뜻이야." 코리나는 점점 목이 메여 오는 것을 느꼈다.
"나는 걷고, 걷고, 또 걸었어. 목적 없이 그냥 길을 따
라가다가 이리저리 가로지르고, 공원을 통과했다가 강
변으로도 내려가고…… 그러다 저 멀리서 경찰이 보이
면 잠시 건물 입구로 숨었다가 다시 걸었고…… 배도 고
프고 목도 말랐지만…… 아무렇지도 않았어! 아무렇지
도! 어차피 돈도 안 갖고 나왔으니까. 그러다가 공원 끄
트머리에 다다랐고 벤치에 앉았지. 그 광활한 곳에 사람
이라곤 나 하나뿐이었고 나는 그때……" 코리나는 훌쩍
이고 있었다. 또 시작이구나, 이놈의 자기 연민! "그러니
까 내 말은, 그때 내가 과연 어디로 가면 좋았을까? 친구
네 집으로? 그랬다면 친구는 어떤 반응을 보였을까? 아
니면 엄마 집으로 가?"

"그래서 돌아온 거구나."

"사실 너한테…… 미안한 마음도 있었어. 아무 말
없이 나가 버려서……. 그리고 왠지 모를…… 그리움
같은 것도 있더라……. 아, 내가 이런 바보 같은 소릴 하
다니!"

코리나가 처음으로 진실한 속마음을 드러내자 다
비드는 살짝 당황스러웠다. 엿새 만에 처음으로 그녀의

그런 모습을 본 것이다. 이제 그녀를 어떻게 대해야 할지 알 수가 없었다.

그는 피아노 앞에 앉아 「하트 앤드 솔」의 첫 소절을 연주했다. 그러면서 코리나를 바라보고 노래를 해보라는 눈짓을 보냈다. 그녀는 잠시 머뭇대다가 힘없이 콧노래를 시작했다. 하지만 몇 소절이 지나고 자신이 무엇을 하고 있는지 깨달은 듯이 바로 노래를 멈췄다.

"그만, 다비드. 그만해!"

다비드는 연주를 중단했다. 그러고선 코리나에게 다가가 그녀의 눈을 바라봤다. 그녀도 그의 눈빛을 응시했다. 오랫동안.

"코리나…… 이제 어떻게 되는 거지? 우리 둘은 어떻게 되는 거야?" 그가 차분한 목소리로 물었다.

"모르겠어! 하지만, 아마도 너는 알고 있을 것 같아." 코리나가 답했다.

이건 분명히 다가오라는 신호야. 다비드는 생각했다. 하지만 그런 생각을 하자마자 그에게 어떤 느낌이, 이를테면 두려움 같은 것이 찾아왔다. 무슨 일이 있든 간에, 그는 아직도 일주일은 더 그녀와 붙어 있어야만 했다. 그런 구속은 그가 평생 경험하지 못한 일이었다.

"나라고 뭘 알겠어? 그리고 로맨틱한 저녁을 앞두

고 도망간 건 너잖아." 그는 일부러 힘없는 목소리로 말했다.

"글쎄, 그렇게까지 로맨틱한 저녁은 아니었을지도 모르잖아?" 코리나가 맞받아쳤다.

"영원히 모르겠지, 네가 도망쳤으니까." 다비드가 말했다.

"차라리 안 먹은 게 다행이었을지도 몰라."

"코리나! 뭐가 그렇게 두려운 거야?"

코리나는 갑자기 전의를 상실한 듯 소파에 주저앉았다.

"배고파." 그녀가 말했다.

"넌 항상 이런 식이야! 내 질문에 대답하지 않고 피해!"

"누구에게나 두려움은 있어! 너도 두렵잖아? 네가 그렇게도 떠받들어 온 질서가 무너질까 봐, 네 생활이 뒤집힐까 봐, 그리고 네가 통제해야 할 가치가 있다고 느꼈던 모든 것에 대한 통제를 잃게 될까 봐!" 코리나가 소리를 질렀다.

"뭘 좀 먹자." 다비드가 조용히 말했다. 감당하기가 어려울 정도로 많은 감정이 터져 나오려는 걸 막으며 말을 이었다. "너무 굶어서 말이 막 나오나 보네. 어제 차려놓은 음식 그대로 있으니까 어서 먹어."

코리나는 소파에서 일어나 식탁으로 갔다.

"우리 지금 싸운 거야?" 그녀가 토마토 하나를 입에 집어넣으며 말했다.

"그런 거 같네. 이 햄을 보니까 곧 다음 위기가 닥칠 것 같다. 완전 상했어. 벌써 냄새가 나네."

"미안해. 걱정하지 마, 내가 쓰레기장에 갔다 올 테니까…… . 일 분 안에 돌아올게!"

7일 차 오전: **납작꼬리도마뱀**

달력에 적힌 '7'이란 숫자가 눈에 확 들어왔다. 어쨌든 반은 넘겼네. 코리나가 발코니로 나가면서 중얼거렸다. 시원한 아침 공기를 한가득 들이마셨다. 오늘은 유독 공기가 신선하게 느껴졌다. 그녀는 잠시 머뭇거리다가 담배에 불을 붙였다. 태양이 나무들 위로 떠오르자 새들의 환호 소리가 들렸다. 자연은 왜 이토록 잔인한 걸까. 이따위 바이러스를 퍼뜨려 놓고선 또 아무 일도 없다는 듯 봄이 오고……. 자연의 순리대로 봄이 오고 있을 뿐인데 괜히 투정을 부리고 있다는 걸 코리나도 잘 알고 있었다. 그녀도 아무 일 없다는 듯이 행동하고 싶었다. 공원에 가고, 사람들을 만나고, 햇볕을 쬐고 싶었다. 코리나는 햇살이 반짝이는 동안 답답한 실내에서 시간을 보내는 생활을 싫어했다. 그래서 자기는 매일 9시부터 5시까지 사무실에 앉아 일하는 삶과는 어울리지 않는다고 생각했다. 하지만 엄마는 그것을 세상 물정 모르는 사람의 오만함이라고 했다.

다비드는 노트북을 피아노 위에 올려놓고 뉴스를 읽고 있었다. "마스크 착용 의무가 다시 논의 중이래. 어쩌면 앞으로는 어딜 가든지 무조건 마스크를 써야 할지도 모른다네. 복면강도에 대한 걱정은 일단 논외로……. '이탈리아에선 희망의 불빛이 보인다. 어제는 사망자가 400명밖에 나오지 않았다. 프랑스에선 1000만 명이 기간제 근로자로 등록했다.' 1000만 명이라니, 상상이 가? '독일 바이에른에선 맥주가 재앙이 됐다. 이 지역 확진자의 대부분이 맥주 축제에서 나왔다.' 이런 시국에 맥주 축제라니……. 이 얘기 들어봤어? '2019년에 혼술은 왕따, 사회 부적응자같이 부정적인 이미지였지만 2021년의 혼술은 다른 사람을 배려하고 책임감 있는 모범적 행동이다.' 이런 것도 있네! '마신 다음 일주일에 사흘을 뻗어 있는 보드카 다이어트.'"

코리나가 웃었다. "오, 그 다이어트, 나한테 딱이네. 나도 점점 바이러스가 되는 중인가 봐. 숙주가 필요해."

다비드는 얼굴을 찡그렸다. 요즘 인터넷에 많이 떠돌아다니는 유머였다.

"정말이야, 다비드. 나 급해." 코리나가 달력을 쳐다보며 말했다. "어젯밤에 한두 잔 마신 걸 제외하면 거의 일주일을 금주한 셈이잖아."

전날 밤, 코리나와 다비드는 마른 빵에 치즈를 곁들여 먹고 코로나 특별 방송을 보며 시간을 때웠다. 공영방송에선 끊임없이 '지속적인 경각심'을 강조했다. 그것도 마음에 들지 않았지만, 몇몇 민영방송에서 코로나바이러스를 '누구나 걸리는 독감에 불과하다'고 주장하는 것도 신경에 거슬렸다.

"너의 친애하는 동료분께 와인 몇 병이 더 필요하다고 메일을 보내자." 코리나가 호들갑스럽게 말했다.

"아직 한 병 남았어."

"한 병밖에 안 남았잖아! 그건 없는 거나 마찬가지야. 너도 페이스북을 한 번 봐봐! 손에 술잔을 안 든 사람이 없어. 지금 이 나라의 모든 사람이 알코올 중독자라고."

"원래 그랬지 않나?"

"지금은 다들 대놓고 마시고 있다는 게 다르지."

"술은 바이러스에 맞서는 데 아무 도움이 안 돼." 다비드가 진지하게 말했다.

"하지만 두려움에 맞서는 데는 도움이 되지." 코리

나도 진지했다.

"코로나가 두려워?" 다비드가 물었다.

"아니. 하지만 우리를 이렇게 만든 지금 이 상황은 두려워." 코리나가 답했다.

"나는 이 상황을 맨정신으로 처리하고 싶은데." 다비드가 말했다.

"난 아니야. 그건 그렇고, 오늘 저녁에 스테이크 구워 먹을 거지?" 코리나가 맞받아치며 덧붙였다.

"육식이 공격성을 증가시킨다는 연구 결과가 있어."

"공격성이라고? 히틀러가 채식주의자였다는 사실을 잊은 건 아니겠지?" 코리나가 말했다.

"첫째, 그건 헛소문이야. 둘째, 만약 사실이라고 해도 그건 그 사람이 위가 안 좋았기 때문일 거야." 다비드가 조목조목 반박했다.

코리나가 발코니에서 거실로 들어왔다. "아주 사적인 질문 하나 해도 돼?"

"지금 우리 상황에서, 이미 사적이고 뭐고 상관없지 않아?" 다비드가 대답했다.

"비건들도 오럴 섹스를 해?" 코리나가 물었다. 다비드가 황당하단 눈빛으로 코리나를 쳐다봤다. 그러자 코리나가 해명하듯 말했다. "내 말은 그것도 고깃덩어리를 입으로 무는 행위잖아. 그리고 여차하면 아주 작은 생명체 수백만 개를 삼킬 수도 있고.”

다비드가 노트북을 닫았다. “내가 동물을 먹지 않는다는 이유로 내 인격을 깎아내리는 짓은 이제 그만했으면 좋겠어.”

“하지만 그것 말곤 너에 대해 아는 게 별로 없어. 네가 웬만해선 피아노를 치지 않으려 한다는 것하고.”

“그건 네가 웬만해선 노래를 부르려 하지 않기 때문이지.”

“몰라! 어쨌든 간에 난 지금 뭔가 새로운 게 필요해!” 코리나가 또다시 화제를 전환했다. “충전기도! 내핸드폰이 완전히 죽어 버렸어. 내 사회생활도 같이 죽어 버렸지!”

“내 핸드폰을…….”

“알아, 안다고. 하지만 나한테는 네 핸드폰으로 엄마한테 전화하는 거 말고도 다른 사회적 욕구가 있단 말이야!” 다비드는 웃었고 코리나는 말을 계속했다. “네 동료분께 메일을 보내자.”

“또? 내 호들갑스러운 감사 메일에 무뚝뚝한 답장을 받은 지 얼마 되지도 않았는데?”

“그러니까 내가 너무 오버하지 말라고 했잖아. 그리

고 '무뚝뚝한 답장'이라는 게 정확히 무슨 뜻이야?"

다비드가 메르세데스에게 온 메일을 읽었다. **아니야 내가 좋아서 한 일인걸**. 다비드가 한숨을 내쉬었다. "이게 다야. 아무것도 없어."

"훌륭하네." 코리나가 말했다.

"뭐가 훌륭해?"

"너한테 미끼를 던진 거잖아."

"뭐라고? 다시 말해 줄래?" 다비드는 진심으로 이해할 수 없어서 되물었다.

"시크한 척하려고 일부러 짧게 쓴 거라고. 신비로워 보이는 효과도 노리면서." 코리나가 말했다.

"그게 뭐가 훌륭해?"

정말로 궁금해하는 다비드를 위해 코리나가 길게 설명했다. "그녀가 이렇게 썼다고 생각해 봐. 아, 사랑하는 다비드, 저는 당신을 위해서 정말로 기쁜 마음으로 한 거예요. 필요한 게 있으면 언제라도 다시 연락 주세요! 우리는 즐거울 때나 슬플 때나 언제나 함께해야 하는 거잖아요, 아닌가요? 윙크하는 스마일 이모티콘에 입을 크게 벌려 웃는 이모티콘. 마음을 담아 안녕, 당신 가까이에 사는 동료 메르세데스로부터. 자, 어떤 기분이 들어?"

"적극적이네."

"너는 그게 좋아?"

다비드는 잠시 생각했다. 전혀 마음에 들지 않을 것 같았다. 그는 고개를 저었다.

"그러니까 다비드, 그 사람은 네가 별로 안 좋아할 줄 알고 일부러 짧게 쓴 거야. 미끼를 던진 거라고. 이제 네가 할 일은 그걸 물고 달려드는 거야."

"진심이야?"

"다비드! 처음엔 네가 여자를 좀 아는 줄 알았는데 시간이 지나면서 깨달았어. 아, 진짜 아무것도 모르는구나!"

"정말 그렇게 생각해?"

"아니, 생각하는 게 아니라 이게 진실이야! 그동안 내가 겪은 뼈아픈 경험들이 증거라고!"

코리나가 지금 대체 무슨 소릴 하고 있는 거지? 다비드는 생각했다. 내가 그녀를 밀쳐 낸 건가? 아니다, 그녀가 나에게서 도망갔었다! 그리고 상황이 진전될 만하면 어김없이 주제를 바꾸는 것도 그녀였다!

"뼈아픈 경험이라……." 다비드가 다시 그녀의 이야기로 화제를 넘겼다.

"그 얘긴 그만." 코리나는 담배를 가지러 돌아섰다.

순간 그녀는 자기 마음속에서 어떤 감정이 꿈틀대는 것을 느꼈다. 그러나 반사적으로 그것을 부정했다. 하지만 코리나는 확실히 알고 싶었다. 다비드와 코리나, 그리고 다비드와 메르세데스. 뭔가 정리가 필요했다.

"다비드, 나 할 말이 있어." 그녀가 발코니로 나가 담뱃불을 붙이며 말했다. "메르세데스 말이야, 너한텐 과분해."

"응, 나도 알아." 다비드가 발코니로 나와 코리나 곁에 서서 말했다.

그냥 떠보려고 한 말이었는데 의외의 반응이 나와 놀랐다. 어쩌면 코리나가 은연중에 기대한 대답이 나와 놀란 것일 수도 있다.

코리나가 말을 이었다. "그 사람은 정말이지 이 세상 사람이 아닌 것처럼 아름답고 모든 면에서 완벽해. 타고난 우아함과 믿을 수 없을 만큼 강한 자신감도 있지. 그리고 그 사람은 예술가야. 진짜 아티스트. 어떻게 네가 그런 사람과 어울릴 수가 있겠어?"

다비드가 조용히 말했다. "어울릴 수 없지. 네 말이 맞아. 내가 분수를 몰랐네."

"그래서 포기할 거야?" 코리나가 다그쳤다.

"포기하고 말고도 없어. 애초부터 나는 그저 그 사

람에게 한없이 부족한 존재야."

"그 사람을 포기하고 다른 누군가를 사랑할 수 있겠어?

"그렇게 해서 내 마음이 편안해진다면 그럴 수도 있겠지."

"다비드."

"응?"

"솔직히 말해 봐, 정말로 네가 너무 부족하다고 생각해? 그 사람이 너무 잘나서?"

"그렇게 생각해. 나는 절대로 그 사람에게 어울리는 상대가 되지 못할 거야."

"틴더에서 대화할 땐 너도 자신감이 넘쳤었는데. 엄청나게 웃겼고."

"틴더에선 그러긴 쉽지. 그건 다…… 허상이잖아." 다비드가 한숨을 쉬며 말했다.

"이리 와봐, 더 가까이. 자, 이제 내 손을 잡아 봐." 코리나가 다비드의 손을 꽉 잡았다. "이래도 내가 허상이야? 다비드! 나는 진짜야!"

다비드가 손을 풀며 말했다. "알아, 그래도 아니야……. 물론 너는 진짜지. 하지만 이 괴상한 바이러스가 아니었으면 곧바로 다시 허상이 됐을걸? 그냥 사라지는 거야. 더는 존재하지 않아. 틴더가 좋은 이유가 그거 잖아. 다음 날이면 너는 다시 수많은 프로필 중에 하나가 되는 거고 내가 너를 왼쪽으로 밀면 그걸로 끝이야. 너도 나를 왼쪽으로 밀고. 자, 꺼져, 안녕, 끝."

"다비드! 그거 진심이야?" 코리나가 그에게 다가가 눈을 똑바로 바라보며 말했다.

다비드는 어깨를 으쓱했다. "다 그런 거 아니야?"

"도대체 틴더에서 몇 명이나 만난 거야? 아니, 질문을 다시 할게. 여태까지 실제로 만난 게 몇 명이야? 그리고 그중 몇 명이랑 잤어?"

다비드는 몸을 휙 돌려 거실로 들어갔다. 코리나도 유리병에 담배꽁초를 버리고선 그를 따라 들어갔다. 저 새끼 순진한 척하지만 실제로는 틴더 중독자인지도 몰라. 코리나는 다비드를 보며 생각했다. 그래, 겉으로 보기엔 괜찮으니까……. 몇 명이나 성공했을까? 열둘? 스물?

"자, 말해 봐 다비드. 섹스까지 간 게 몇 명이야?"

"정말 알고 싶어?"

"응."

다비드는 잠시 머뭇거렸다. 그러고는 코리나를 쳐다보지 않은 채 입을 열었다. "103명. 100명 하고도 3명 더."

코리나는 황당함에 입을 다물지 못했다. "지금 '돈 조반니' 얘기하는 거야?"

"그 사람은 1003명이었어."

"너, 일일이 세고 있었던 거야?"

"응."

"나도 그중 하나고?"

"코리나…… 너는 내가 이 얘기를 털어놓은 첫 번째 사람이야. 너만 알고 있어."

"103명이라." 코리나가 웅얼거렸다.

"뭐야, 설마 진짜로 믿는 건 아니지?"

코리나는 그제야 웃었다. "헐, 내가 진짜로 속은 줄 알았어? 너 내가 세 번째라고 이미 말했었거든!"

코리나가 웃자 다비드도 따라 웃었다. "코리나! 너는 이미 나를 알 만큼 알잖아. 내가 어떻게 103명의 여자와 잘 수가 있겠어? 그건…… 나한테는 너무 힘든 일이야! 부담스럽다고!"

"그리고 무엇보다도 도덕적이지 못하지." 코리나가 덧붙였다. 다비드의 고백이 농담인 것을 확인하자 왠지 그녀의 마음이 놓였다.

"맞아, 너무 무절제해. 사실, 그것보다는…… 아, 이걸 어떻게 말해야 바보같이 들리지 않으려나?"

"이미 나는 한 번 바보가 된 적이 있으니까 이번엔 네가 바보가 되는 것도 괜찮아."

"난 틴더에 중독돼 있었어. 멈출 수가 없었지. 심지어는 수업 시간에도 몰래 들여다보면서 끊임없이 새로운 여자들을 찾아다녔고 화장실에서도 놓지 못했어. 밤마다, 잠들기 전까지 하는 일도 틴더였고, 아침에 일어나서 제일 먼저 하는 일도 틴더를 확인하는 일이었지. 여자들은 너무 많았고 얘기하기는 너무 쉬웠으니까! 정말 신났어! 나는 틴더에서 성공한 거야. 그래서 그만둘 수가 없었어."

"중독이 그렇지." 코리나가 조용히 말했다.

"그래 맞아. 너도 언젠가는 마리화나가 싫어질 때가 올 거야. 나는 반년 동안 그렇게 매일 틴더만 보다가 어느 날 갑자기 그만뒀어."

"그래서 좀 나아졌어?"

"응. 그런데 그거 알아? 그때쯤 학교에서 크리스마스 파티가 열렸어. 같이 연주도 하고 얘기도 하고 와인도 마시고 음식도 먹고 그랬는데, 그날 저녁 내내 나는 메르세데스만 봤어. 그 사람이 어떻게 움직이는지, 머리를 어떻게 쓸어 넘기는지, 어떻게 말하고 어떻게 웃는지, 얼마나 멋지고 독보적인지……."

"그리고?"

"그리고…… 나는 결국 그 사람에게 말 한마디도 못 걸었지."

"뭐라고?"

"못 했어. 말이 안 나오더라. 다 잊어버렸나 봐. 뭘 어떻게 해야 할지 모르겠더라고."

"다른 사람에게 상담이라도 하지 그랬어?"

다비드가 한숨을 쉬며 소파에 몸을 던졌다. "대신 다시 틴더를 열심히 하게 됐지."

"잠깐만. 메르세데스가 틴더에 있었던 건 아니겠지?"

"당연히 아니지. 그 사람이 틴더를 할 필요가 있겠어?"

코리나가 웃었다. "와, 모든 남자들이 너같이 생각한다면 메르세데스는 참 외롭겠다!"

그녀가 다비드 옆에 앉으며 물었다. "그래서, 여자를 몇 명이나 만난 거야? 거짓말하지 말고."

다비드가 한숨을 푹 쉬며 말했다. "거짓말 아니야. 진짜로 네가 세 번째야. 첫 번째는 같이 자긴 했지만 별로 좋지 않았고, 두 번째는 술 한잔하고 끝났어. 그러고 나서 세 번째가 너였어."

코리나가 목젖이 보이도록 크게 웃어 재끼며 말했다. "겨우 세 번째에 덜컥 거지 같은 상황에 엮여 버린 거네!"

그녀는 지금 자기 머릿속에 떠오른 멍청하면서도 이 상황과 어울리지 않는 얘기를 해도 괜찮을까, 잠시 생각했다. 하지만 부질없었다. 이미 생각함과 동시에 얘기가 입 밖으로 튀어나와 버렸으므로.

"아마 코로나도 다 너 같은 사람들 때문에 생겼을 거야."

"그게 무슨 뜻이야?"

"수많은 사람들이 앱에서 만나 서로 호감을 느끼고 메시지를 보내고 서로를 알아 가고 사진을 보내고……. 그러다가 실제로 만나서 관계를 맺으려고 하면, 쾅! 인터넷에서 강하게 연결됐다고 믿으면 믿을수록 실제로는 아무것도 연결되지 않은 관계란 말이야. 진실은 그렇다고."

"그거 기독교 근본주의 같은 거야?"

그 말에 둘은 동시에 웃음을 터뜨렸다. 하지만 다비드는 코리나가 한 말이 진짜로 무슨 뜻인지 알고 싶었다. 그래서 그녀의 말에 더 귀를 기울이기로 했다. 틴더를 그만둘 수 있다면, 그게 무엇이든지 간에 겸허하게 받아들일 참이었다. 아니면 매일매일 핸드폰을 손에 쥐고 허상만 좇으며 살 것이 분명했다. 심지어 지금은 코로나 때문에 새로운 사람을 만나는 게 훨씬 더 어려워졌다. 지금 혼자인 사람은 앞으로도 오랫동안 그래야 할 것이다.

"자, 이제 다시 솔직하게 말해 줘." 다비드가 대화를 이끌었다. "네 생각엔 코로나가 나처럼 데이팅 앱을 사용하는 사람들에 대한 형벌인 것 같아?"

"바보 같은 소리하네. 형벌은 아니지. 이건 일종의…… 그걸 뭐라고 하더라? 교훈을 준다고 해야 하나? 아무튼 내가 너 같은 사람을 몇 명 아는데, 너희들이 항상 원하던 것이 지금 현실이 됐단 얘기야. 너희들은 항상 거리를 두고 싶어 하잖아. 엮이는 걸 싫어하고 가볍게 즐기기만 원하지."

"그 말이 맞는 것 같아." 다비드는 곰곰이 생각한 뒤, 결론을 내렸다.

"실제 연애는 몇 번이나 해봤어?" 코리나가 물었다.

"한 번도 안 해봤어. 일주일을 넘는 관계는 한 번도 없었어." 다비드가 순순히 털어놓았다.

코리나는 그를 쳐다보면서 생각에 잠겼다. 그녀는 연애를 스무 번쯤 했었고, 그중 1명과는 몇 년이나 사귀었다. 당연히 그 자식이 20명 중 제일 개자식이었지만. 그런 개자식들을 다루는 덴 이미 이골이 나 있었다. 그런데 이 남자, 연애를 안 해봤다고? 틴더에서 만난 다비드는 대화를 능숙하게 이끌었다. 그런데 현실의 직장 동료에겐 말도 못 붙인다니. 하여간 남자들은 이 행성에서 가장 이해가 안 되는 생명체다. 바다코끼리나 납작꼬리도마뱀은 비교도 안 될 만큼 이상하다. 다비드와 메르세데스의 관계를 생각하던 코리나는 갑자기 알 수 없는 책임감이 솟아나는 것을 느꼈다. 그 책임감이 자신을 힘들게 할 거라는 걸 모른 채.

코리나가 과장되게 긴 한숨을 내쉬었다. "그래. 어쨌든 그 사람이 없었다면 우리는 벌써 굶어 죽었을 거야. 그리고 나는 충전기가 필요해. 택배로 삼 주 후에 받는 게 아니고 지금 당장!"

"그럼 네가 메일을 보내." 다비드가 말했다.

"아니야, 네가 보내."

"그럼 나도 똑같이 짧고 시크하게 쓸 거야."

"안 돼! 너 정말 내 말을 하나도 이해하지 못 했구나. 지금은 달달한 말로 그 사람을 꼬실 때야."

"안 할래. 난 좀 쉬고 싶어."

"쉰다고? 너 진짜로 그 사람을 좋아하긴 하는 거야?"

"좋아는 하지, 그래도……."

"그래도는 뭐가 그래도야. 사랑에 빠진 걸 알았다면 당장 바지 벗고 달려들어야지. 고민은 충분히 하지 않았어? 너 여자들이 남자의 뭘 제일 중요하게 보는지 알아?"

다비드는 열심히 고민했다. 코리나가 힌트를 줬다.

"'ㅇ'으로 시작해."

"알통?"

"다비드!"

"열정?"

"땡! 바로 유머야. 여자들을 웃겨 줘야지! 유머러스한 남자들은 여유 있어 보이고, 여자들은 거기서 안정감을 느낀다고. 그런 남자들이 여자를 안을 수 있는 거야."

"갑자기 유머 감각이 생길 수는 없잖아? 유치하지 않고 저속하지도 않으면서도 재치 있고 감성적이고 대담하고 신랄한 유머 감각이 어떻게 갑자기 생겨나?"

"틴더에선 엄청 웃겼으면서!"

"거기에서만 그런 거야!"

"자, 다비드, 이제 우리는 메르세데스에게 메일을 보낼 거야. 나는 충전기와 와인 몇 병이 필요해. 그리고 이번엔 그녀에게서 물건을 받으면서 대화도 좀 나눌 수 있도록 준비해 보자. 진짜 대화 말이야."

"싫어!"

"해!"

"나는 못 해."

"할 수 있어, 다비드. 오늘 하루 종일 같이 연습해
보자."

7일 차 오후: **넷플릭스**

코리나와 다비드는 오늘 저녁, 코로나와 관련된 뉴스를 보지 않기로 했다. 하지만 그 대신 볼 것을 정하는 일은 쉽지 않았다. 넷플릭스에서 함께 볼만한 것을 찾으려 했지만, 둘의 취향은 극명히 나뉘었다. 「더 크라운」과 「하우스 오브 카드」로 갈라진 둘의 취향을 만족시킬 만한 중간 지점을 찾는 것이 간단치 않았다. 코리나의 마지막 와인이 거의 다 비워질 때까지 이 나라와 이 대륙과 이 행성에 내려앉은 험악한 분위기를 위로해 줄 작품을 찾는 데 포기한 두 사람은 그냥 넷플릭스 인기 순위 1위 영화를 보기로 합의했다. 둘이서 소파에 나란히 앉아 멍하니 화면을 쳐다보다가 코리나가 갑자기 토하는 시늉을 하면서 다비드에게 기댔다.

"우웨웨웩…… 저렇게 야비하게 죽일 수도 있는 거

야? 끔찍해!"

"끔찍하네." 다비드가 동조했다.

"우리 이거 그만 보자."

"그래, 지성인답게."

그때 문밖에서 소리가 났다. 다비드는 자리에서 튕기듯 일어나 문 쪽으로 달려가면서 코리나와 연습한 내용을 떠올리려 애썼다. 실제로 두 사람은 오후 내내 리허설을 했다. 하지만 너무 웃기만 해서 정작 대화 내용은 기억나지 않았다. 사실, 대부분 이미 알고 있는 말이었다. 하지만 그렇다고 해서 실제로 메르세데스와 얼굴을 맞대고 이야기할 수 있을지는 알 수 없었다.

문을 연 순간, 다비드의 혀는 순식간에 굳어 버렸다. 메르세데스의 아름다운 모습에, 아니 아름답다는 말만으로는 턱없이 부족했다. 그녀는…… 한마디로 여신이었다. 다비드는 다리가 후들거려서 잠시 몸을 벽에 기대야만 했다. 아…… 어떻게 인간이 이토록 아름다울 수 있단 말인가?

"안녕." 다비드가 겨우 숨을 내쉬면서 인사했다. 다시 혀가 굳기 전에 말을 이어야 했다. "나는…… 저, 아, 고마워!"

말 더듬지 않기! 그것이 가장 첫 번째로 연습한 것

이었다. 하지만 지금 그는 과연 말 한마디라도 제대로 할 수 있을지 확신할 수 없을 정도로 떨고 있었다. 메르세데스는 미소를 지었고 다비드는 그녀의 빛나는 치아에 눈이 멀 것 같았다.

"너, 괜찮아?" 메르세데스가 물었다.

"어, 괜찮아!" 다비드는 마음을 가라앉히고 씩씩하게 말하려 애썼다.

"정말?" 메르세데스는 다정한 표정으로 눈을 몇 번 깜빡거렸다. 세상에, 저 커다란 눈망울 좀 봐!

"내가 이걸…… 어떻게…… 그러니까…… 정말로……." 다비드는 말을 더듬으면서 메르세데스가 들고 온 상자를 받았다. "충전기도 가져왔구나…… 내 삼성폰에 맞는 걸로…… 아, 고마워…… 그리고 스테이크도…… 맛있겠다! 잠깐만, 내가 돈을 가져올게……."

다비드는 상자를 받아 집 안으로 들어오면서 코리나를 쳐다봤다.

"어떻게 됐어? 너 얼굴이 왜 그렇게 창백해?" 그녀가 물었다.

그는 코리나에게 조용히 하라는 신호를 보내고선, 서랍에서 지갑을 꺼내 들고 다시 문 앞으로 갔다.

"안 줘도 괜찮아." 메르세데스가 화사하게 웃으며

고개를 저었다. 그녀의 머리카락이 가냘픈 목덜미 주위에서 흩날렸다.

"아니야, 아니야." 다비드는 최대한 침착하게 지갑에서 돈을 꺼내려 애썼다. 하지만 안타깝게도 지갑에서 나온 돈은 손에서 미끄러져 바닥으로 떨어졌고 동전 몇 개는 메르세데스 쪽으로 굴러갔다. 메르세데스가 걱정스럽게 다비드를 쳐다봤다.

"아이고, 내가 왜 이러지. 아니야, 아니야, 나는 빚지고 싶지 않아서⋯⋯. 그래, 다 괜찮아. 컨디션도 괜찮아, 진짜야."

다비드는 네발로 기어 다니면서 동전을 주웠고 이윽고 메르세데스 발밑까지 다가갔다. 그러자 갑자기 그녀가 몸을 굽혀 그의 귓가에 대고 무언가를 속삭였다. 다비드가 그 말을 이해하기까지는 약간의 시간이 필요했다.

"물론이지, 맞아. 외로워. 정말 외로워! 우와, 그렇게 되면⋯⋯ 정말 좋겠다." 그가 메르세데스에게 돈을 건네는 순간, 서로의 손이 살짝, 아주 가볍게 닿았고 다비드는 손끝에 전기가 흐르는 것을 느꼈다. 메르세데스는 그의 눈을 가만히 들여다봤다. 그는 눈길을 피하지 않으려 안간힘을 썼다.

"그래, 그럼……. 뭐 필요한 게 있으면 또 연락해."
메르세데스가 윙크하며 말했다. 그러고는 뒤돌아 복도
끝으로 사라졌다. 여신처럼.

집 안으로 들어온 다비드는 문을 닫고 벽에 기댄 채
가만히 서 있었다. 코리나는 그 모습을 재미있다는 듯이
바라보고 있었다.

"어떻게 됐는데?" 그녀가 물었다.

"메르세데스가…… 메르세데스가……." 다비드가
말을 잇지 못했다.

"메르세데스가 너한테 키스했구나."

"아니!"

"설마 키스보다 더 한 걸 했어?"

"메르세데스가, 메르세데스가…… 그래!" 다비드
의 얼굴이 환하게 빛났다.

"다비드, 너 미친 것 같아."

"그래, 메르세데스도 그렇게 말했어. 내 메일이 미
친 듯이 재미있었대."

"그 말이 그렇게 좋았어?"

"메르세데스가 나를 저녁 식사에 초대했어."

"진짜?"

"진짜야! 메르세데스가…… 메르세데스가 내 귀에

다 대고 아주 작은 목소리로 그렇게……." 드디어 다비드의 말문이 터졌다. "여기, 이쪽 귀에다가 대고 나를 초대한다고……. 격리가 끝나면 자기 집에 식사하러 오라고 했어……. 그럼…… 드디어…… 우리는 만나게 되는 거야! 오, 코리나!"

"오, 다비드!" 코리나가 그의 말을 따라 했다. "하지만 초대받은 자리에서도 그렇게 말을 계속 더듬으면 아무것도 안 될 거야. 어찌 되든 내 알 바 아니지만!"

코리나는 말을 내뱉곤 곧장 메르세데스가 가져온 상자를 뒤지기 시작했다. 충전기와 화이트와인 두 병, 그리고 스테이크 한 팩을 꺼냈다. 그리고 번개 같은 동작으로 핸드폰에 충전기를 연결했다. 코리나는 아직도 안절부절못하고 있는 다비드의 모습에 심술과 기쁨, 안타까움이 동시에 일어나는 것을 느끼며 말했다.

"좀 더 연습하면 되지 뭐. 그렇다고 완전 멍청이처럼 행동한 건 아니었잖아."

다비드가 고개를 끄덕이며 대답했다. "그래, 하지만 메르세데스 앞에만 서면…… 메르세데스와 함께 있으면 연습할 때와는 달라져. 메르세데스는 정말이지……."

코리나가 그의 말을 막았다. "제발 다비드! 나에게

없는 메르세데스의 고귀한 매력을 줄줄이 늘어놓으시
려고? 지금은 그럴 때가 아니야. 나는 지금부터 스테이
크를 구워 먹을 거니까. 오, 드디어! 고마워, 메르세데스,
정말 고마워!"

8일 차: **대폭발**

다비드는 발코니 문을 열었다. 신선한 공기! 기분이 상쾌했다. 하지만 그를 에워싼 희미하고 낯선 무언가가 아직 남아 있었다. 이게 뭐지? 해가 뜨면서 달빛이 서서히 흐려지는 것처럼, 꿈속의 이미지도 서서히 옅어지고 흩어졌다. 하지만 거기에 메르세데스가 있었다는 것만은 아직도 생생했다. 그렇다. 꿈속에서 그는 메르세데스의 품에 안긴 아코디언이었다. 얼마나 포근하던지! 하지만 그와중에도 그는 마스크를 끼고 있었다. 어째서 아코디언이 마스크를 꼈는지 논리적으로 설명하기 어려웠지만, 어쨌든 꿈속에선 그랬다.

온 도시가 깨어나고 있었다. 요란한 소리를 내며 달력 한 장을 뜯을 때까지만 해도, 그는 꿈에 사로잡혀 몽롱한 상태였다. 여덟째 날. 하지만 어떤 의미에서는 그에게 첫째 날이기도 했다. 메르세데스가 그를 저녁 식사에 초대한 날로부터 첫째 날.

다비드는 코리나가 욕실에서 내는 소리 때문에 잠에서 깼는데, 그녀는 아직도 욕실에 있었다. 뭔가 바닥에 떨어져서 큰 소리가 났고, 그녀가 쌍욕을 했다. 너무 일찍 일어난 것이 분명했다.

다비드는 에스프레소 한 잔을 내리고 운동할 준비를 했다. 오늘은 그의 학생들에게 운동하는 동영상을 보낼 참이었다. 그걸 보고 학생들도 몸을 좀 움직이면 좋을 것 같았다. 그러면 혹시 그에게 체육 교사 자리까지 하나 더 들어올지도 모르니까.

다비드는 워밍업으로 팔굽혀펴기를 했다. 그리고 잠시 휴식하는 동안 발코니로 나가 신선한 공기를 마셨다. 올해 3월처럼 공기가 맑았던 적이 없었다. 구급차와 경찰차, 택배 차량을 제외하고선 길에서 차를 볼 수가 없으니 그럴 만도 했다.

그가 이제 막 아령을 들고 운동을 재개했을 때, 코리나가 커피 잔을 들고 거실로 들어섰다. 그녀가 입은 점잖은 체크무늬의 파자마는 다비드의 것이었다. 코리나의 기분이 좋지 않다는 걸 다비드는 즉각 감지했다. 코리나는 심술궂은 표정으로 달력을 쳐다봤다.

"아직도 일주일 가까이 남았어." 그녀가 투덜거렸다.

"응." 다비드가 가쁜 숨을 내쉬며 말했다.

"나는 하루 종일 파자마 차림인데, 밖에선 새가 노래하네."

"어쩔 수 없지." 다비드가 들고 있던 아령을 내려놓으며 말했다.

"나 오늘 공원에 갈래." 코리나가 반항조로 말했다.

"나라면 안 나갈 텐데. 사방에 경찰이 깔려 있다고."

"그렇다고 나라 전체를 봉쇄할 순 없어!" 코리나는 절망적인 표정을 지으며 두 팔을 머리 위로 쳐들었다. "도시를 마비시킬 수도 없고! 아무리 그래도 기본권 같은 게 있잖아!"

"다른 사람들에게도 감염되지 않을 권리가 있지." 다비드가 말했다.

"나는 그 빌어먹을 바이러스'를' 걸리지 않았다고."

"바이러스'에' 걸리지 않았다고 해야 맞아."

"공원에서 아무하고도 떠들지 않으면 되잖아? 다른 사람과의 거리도 유지할 거야. 조심할 거라고! 이렇게 내 자유를 박탈당할 수는 없어!"

"내 자유가 끝나는 곳에 다른 이들의 자유가 시작되는 법이지."

코리나는 지금 그런 철학적인 명제로 자신의 욕망을 다스리고 싶지 않았다. 그녀는 잠에서 깸과 동시에 다시금 샘솟는 분노를 느끼고 있던 참이었다. 자기 의사와 관계없이 여기에 감금돼 있다는 사실에, 그것도 첫날 밤 자신한테 손댔을지도 모르는 남자와 함께라는 사실에. 아무래도 아닌 것 같긴 하지만, 그래도 누가 알겠는가! 여기가 스웨덴이었다면 그는 진작 구속됐을 것이다.

욕실 바닥에 다비드의 데오도란트를 떨어뜨려 박살 내고도 그녀는 분이 풀리지 않았다. 온몸에서 데오도란트 냄새가 진동을 하는 바람에 오히려 분노가 치솟았다.

"정부가 공포심을 조성하고 있는 거야!" 코리나가 소리를 질렀다. "항상 이런 식이지! 처음엔 우리에게 겁을 주고 다음엔 우리의 자유를 빼앗고! 그러면 우리는 자유를 빼앗기는 대신 안전을 얻었다고 생각할 것이고! 하지만 결국에는 자유와 안전을 모두 잃어버리게 될 거야!"

"너, 오늘 유난히 기분이 안 좋은 것 같은데."

"너무 지겨워서 그래! 아무것도 안 하고 앉아서 그저 시간이 흐르기만을 기다리는 것도, 뉴스를 보는 것도, 전문가들이 지껄이는 소리를 듣는 것도! 이 상황이 몇 년은 더 갈 거라고, 이 문제를 해결하려면 백신밖에 답이 없다고 하다가도, 이것은 감기에 불과하니 몇 주만 있으면 다 지나갈 거라고 하잖아? 경제가 무너질 거라고 했다가 또 회복될 거라고 했다가, 증시는 바닥으로 내려간다더니 또 대폭등을 했다고 말을 바꾸고. 또 어디서는 사망자가 10만 명을 넘으면 누구나 코로나로 죽은 사람이 주위에 한 사람은 있을 거라고 하더라. 하지만 외로움 때문에 죽을 지경인 사람이 얼마나 많은지는 누가 확인하지?"

"너무 생각이 많아서 머릿속이 뒤죽박죽됐구나." 다비드는 왼손에 아령을 쥐고 오른손에는 핸드폰을 든 다음 활짝 웃으며 사진을 찍었다. 그는 사진을 확인한 뒤, 조금 덜 활짝 웃으며 사진을 한 번 더 찍었다. 학생들에게 조금 덜 친근해 보이더라도 강한 체육 교사처럼 보이고 싶었다. 코리나는 그 광경을 역겹다는 듯이 쳐다봤다.

"내가 제일 짜증 나는 게 뭔지 알아?" 그녀가 물었다.

"너 자신?" 다비드는 혹시 자기도 코리나의 심술에 전염된 게 아닐까 스스로를 의심하며 말했다.

"운동하는 걸 찍어서 인터넷에 올리는 사람들. 누가 그런 거에 관심 있대? 아무도 없어!"

"그럼 너는 왜 핸드폰이 충전된 이후로 하루 종일 페이스북과 인스타그램만 들여다보고 있는 건데?"

"운동하는 건 절대로 안 봐!"

"나는 내 학생들이 시간을 좀 유용하게 보낼 수 있도록 도와주기 위해 영상을 만드는 거야. 그리고 이따가 음악 수업도 할 거고. 「하트 앤드 솔」을 연주해 볼 텐데, 다 같이 노래⋯⋯."

"나는 노래 안 해!" 코리나가 역정을 내며 소리쳤다.

"너한테 하자는 얘기가 아니고! 이 세상에 너 말고도 노래 부를 사람은 많거든? 나는 내 학생들을 말한 거야. 우린 온라인으로 연주를 할 거고, 그걸 스트리밍으로 중계할 거야. 나라고 헐렁대는 파자마를 입고 하루 종일 짜증만 내는 너랑 감금된 게 좋겠어? 그래도 나는 주어진 상황에서 최선을 다하고 있어!"

다비드는 아령을 내려놓고 코리나를 쳐다봤다. 그리고 그녀의 뒤틀린 심사를 좀 바꿔 보려고 밝은 톤으로 말했다. "일기예보가 우리 형편과 딱인 것 같네. 꽃샘추위라는데."

지금 이 분위기에 농담이라고? 코리나에겐 먹히지 않는 수였다. 그녀의 분노가 폭발했다.

"네가 감금돼 있다고? 아이고 불쌍해서 어쩌나? 원

래부터 너 같은 사람들은 집에서 일할 수 있다는 걸 자랑으로 여겼어. '월요일, 지금 나는 재택근무 중' 인스타그램에서 그런 게시물을 볼 때면 나는 침만 삼켰지! 그런데 지금은 이게 그렇게 힘들다? 고작 일주일 지나고서? 이봐, 밖엔 일자리를 잃은 사람들이 넘쳐나. 대표적인 예가 바로 나지! 그런 사람들은 이 빌어먹을 상황 때문에 집세도 못 내고 어린 자식들과 함께 길거리에 나앉게 생겼어. 그런 사람들은 텃밭에서 딴 신선한 샐러드나 콩고기나 두부 같은 걸 먹지 않아. 대신 싸구려 고기를 먹지. 싸구려 소시지도. 그냥 세일 중인 거라면 뭐든지! 그런 사람들은 장을 보면서 성분 표시 같은 건 읽지 않아. 글루텐과 트랜스지방을 끝없이 먹어 댄다고. 아, 맞아, 술도 마신다. 그럼 '너 같은 사람들'은 그들을 더욱더 경멸하고, 그들은 그런 시선이 무서워 집에서 텔레비전만 봐. 그러다 점점 더 멍청해지고. 이런 건 '너 같은 사람들'과 거리가 먼 이야기겠지. '너 같은 사람들'은 자기들끼리 지금은 연대해야 할 때라고, 다 함께 힘을 모으고 모두가 영웅이 되자고 하겠지. 그러면서 집에 편안히 앉아 맥북과 아이폰을 들고, 에어프라이어에 구운 유기농 채소를 허브 소스에 찍어 먹을 거고. 그러는 동안 몇 블록 떨어진 동네에선 사람들이 무더기로 죽어 나간다고!"

코리나는 흥분에 겨워 숨을 씩씩거렸다. 다비드는 너무 놀라 한참을 멍하니 있다가 마침내 그녀를 진정시키려는 듯 입을 열었다. "나도 다른 동네에 사는 친구들이 있지만 그렇게까지는⋯⋯."

"그래, 나도 네 친구들이 어떤 사람들인지 알아." 코리나가 그의 말을 막았다. "그들도 '너 같은 사람들'이지. 그 불쌍한 사람들은 지금 아이들과 보드게임을 하면서 두루마리 휴지를 쟁여 둬야 하는 상황이 너무 한심하다고 생각할 거야. 하지만 '너 같은 사람들'이 꿈꾸던 현실이 이거 아니었어? 스트레스 없는 삶! 느리게 살기! 소비 줄이기! 큰 차를 타고 도심으로 들어가지 않기! 비행기 덜 타기! 단순한 생활! 한 번 더 생각하기! 하지만 우리 엄마나 나 같은 사람들은 도저히 내려놓을 수 없는 온갖 골치 아픈 문제들 때문에 꿈속에서도 단순하게 살 수가 없어!"

"잠깐만, 나는 차도 없다고! 도대체 네가 나한테 왜 이러는지 모르겠다."

"나는 전체적인 사회 불균형이 이 지랄맞은 바이러스를 만들어 냈단 얘길 하는 거야!" 코리나가 악을 썼다.

"내가 지금 확인한 건 육식이 사람을 공격적으로 만든다는 사실뿐이야." 다비드가 받아쳤다.

"입 좀 닥쳐!"

"네 말대로 '나 같은 사람들'이 그렇게 대단하다면, 어째서 우리가 이 바이러스를 발명해 냈다는 음모론은 아직 없는 건데?" 다비드의 목소리도 커졌다.

"내 말 아직 안 끝났어!" 코리나가 더 큰 소리로 말했다. "내가 짜증이 나는 건 '너 같은 사람들'이 지금이 제2차 세계대전 이후 최대 위기라느니 어쩌느니 하며 떠들어 댄다는 거야. 수백만 명이 죽지도 않았고 도시가 폐허가 되지도 않았는데 '너 같은 사람들'이 위기라고 걱정하는 게 뭐야? 기껏해야 넷플릭스 시리즈가 늦게 나온다거나 인터넷이 느려지는 거 아니야? '너 같은 사람들'은 놀란 가슴을 진정시킨다며 레몬 생강 아로니아 구기자차를 마시고 평화롭게 저녁노을을 감상하겠지. 생각만 해도 토 나와!"

"내 레몬 생강 아로니아 구기자차를 다 마신 건 바로 너야! 그리고 너는 내 돈으로 산 와인을 마시고 스테이크까지 먹어 놓고선 나를 비난하고 있다고!"

코리나가 갑자기 차분해진 목소리로 말했다. "솔직히 말하면, 나 스테이크 별로 안 좋아해. 너 놀리려고 구워 먹었을 뿐이야."

다비드는 그녀를 바라보면서 미소를 지었다. 이 상

황에 어떻게 반응해야 할지 몰라서 그냥 아무 말도 안 하는 게 낫겠다고 생각했다. 코리나는 외투를 입고 신발을 신었다. 속에 입고 있는 파자마가 너무 커서 우스꽝스러웠다.

"뭐 하는 거야?" 다비드가 물었다.

"ATM에 갔다 올게." 코리나가 답했다.

"뭐 하러?"

"빚진 거 갚아야지."

"너 그 꼴로 나가다 잡히면 격리병동이 아니라 정신병동으로 가게 돼."

"너한테 거지 취급이나 당하면서 있을 순 없어!"

"어차피 누구나 언젠간 거지 취급받게 돼 있어. 특히 '너 같은 사람들'은."

"뭐?" 코리나가 물었다.

"너는 일자리를 잃었고 이제 실업수당을 받을 거니까. 바보 같은 소리 그만하고, 어쨌든 나는 계속 월급이 나오잖아. 너한테 돈 받을 생각 없어."

"그러면 안 되는데……." 코리나가 웅얼거렸다.

"뭐라고?"

"나한테 그렇게 친절하게 굴지 말라고!"

"왜 그렇게 받아들이질 못해? 누군가 친절을 베풀

면 때론 그냥 받아들여도 괜찮아!"

"싫어. 특히 그 누군가가 너라면! 너한테서 뭘 받게 되는 상황은 절대 싫어!" 코리나가 소리를 질렀다.

다비드는 기운이 빠져 한숨을 내쉬었다. "그만하자, 코리나. 네 맘대로 해."

9일 차: 스위트 홈

"내가 할까?" 달력 앞에 선 코리나가 물었다.

다비드가 말없이 그녀 곁으로 다가갔다. 그러곤 둘이 함께 달력을 뜯었다. 아홉째 날이다. '9'는 '10'이 아니지만, '10' 바로 직전이었다. 그리고 '7'보다는 확실히 많았다. 반도 안 남았다는 뜻이다. 저기 고지가 보인다.

"우린 해낼 수 있어." 다비드가 말했다.

"그래, 해낼 거야." 코리나도 맞장구를 쳤다.

다비드는 마음이 놓였다. 어젯밤 대폭발 이후 코리나가 다시 제정신으로 돌아와 천만다행이었다. 두 사람은 함께 뉴스를 보면서 저녁 시간을 보냈다. 그러다 보니 세상의 모든 뉴스란 뉴스는 다 보고 말았다. 전 세계 모든 나라에서 확진자가 늘고 있었다. 시체가 높이 쌓이고 관이 끝없이 줄지어 있는 장면들이 지나갔다. 진단 키트가 부족했다. 사람들은 '비말'이나 '발생률' 같은 단어에 익숙해졌다. 코리나와 다비드는 세상에 감염병 학자와 바이러스 학자, 미생물학자가 이렇게나 많다는 사실에 놀랐다. 그 많은 사람들이 지금까지 어디에 있었을까? 하루 종일 뭘 하고 지냈을까? 그들의 말을 곰곰이 듣다 보면, 바이러스의 치사율은 계산법에 따라 달라지며 이 병의 위험성은 관점에 따라 다르게 판단될 수 있고 마스크 착용은 생명을 구할 수도 있지만 효과가 없을 수도 있다는 사실을 알 수 있었다.

정부는 패닉 상태에 빠질 이유가 전혀 없다는 얘기만 반복하고 있었다. 하지만 침몰하는 배 안에서도 방송은 그렇게 한다. 상황이 점점 더 예상치 못한 곳으로 흘러가고 있다고 사람들이 느끼는 것도 무리는 아니었다. 수학자들과 통계학자들의 얘기가 사람들을 더 혼란스럽게 만들었다. 왜냐하면 그들 모두 무언가 열심히 계산하지만 너무 많은 정답이 난무하고 있기 때문이다. 코로나에 관련된 모든 소식은 가정법으로 구성돼 있었다. 이렇게 된다면 저렇게 될 수도 있고, 그렇지 않을 수도 있지만 또 전혀 다르게 될 수도 있다고 했다.

코리나와 다비드는 하루쯤은 함께 생산적인 일을 하면서 보내기로 했다. 사실 다비드는 그렇게 할 수밖에 없는 상황이었다. 그동안 「하트 앤드 솔」을 연습한 학생들이 온라인에서라도 합동 연주회를 열고 싶어 해서 준비할 필요가 있었다. 학생들은 뭐라도 하고 싶어서 안달이 난 것 같았다. 그럴 만도 했다. 학교 연주회도 취소되고 프랑스와 영국으로 떠나려던 수학여행도 취소됐으니까. 올해 졸업 시험을 어떻게 치를지도 아직 정해지지 않은 상태였다. 다만, 여러 학년에서 학생 여덟 명이 모여 '코로나 밴드'를 결성하고 노래까지 만든 것은 고무적인 일이었다. 영어로 가사를 쓴 「스위트 홈」이란 노래였는데 현재 상황을 반어법으로 표현한 곡이었다. 작곡은 사실 에드 시런에게 저작권료를 좀 줘야 하지 않나 싶을 정도로 비슷한 부분이 많았지만, 그래도 학생들이 재미로 만든 곡치고는 괜찮았다. 이제 남은 과제는 연주의 수준을 높이는 것이었다. 무엇보다 다비드는 절망적으로 소리가 가라앉는 리코더와 오보에가 걱정스러웠다.

그는 코리나에게 노래의 멜로디를 들려줬고 그녀는 전체적으로는 좋지만, 너무 단순한 게 흠이라고 평했다. 다비드는 즉흥적으로 변주를 하고 중간에도 몇 소절을 새로 끼워 넣었다. 그러자 전체 흐름을 유지하면서도 훨씬 풍부하고 재미있는 음악이 완성됐다.

"너 천재구나." 코리나가 말했다.

다비드가 크게 웃었다. "사이먼 앤 가펑클이 너바나처럼 연주하거나, 아니면 AC/DC가 밥 딜런처럼 연주한다고 생각하면서 작곡하면 누구나 새로운 곡 대여섯 곡쯤은 만들 수 있지."

"그래도 멋진걸. 여기에 로맨틱하면서도 색다른 느낌을 더하는 방법이 하나 있어." 코리나가 그를 추켜세우며 말했다.

"그게 뭔데?"

"아코디언을 쓰는 거야."

"안 돼. 농담하지 마."

"농담 아닌데."

"메르세데스를 밴드에 넣으라고?"

"그리고 너도 같이 연주해. 애들도 좋아할 거야."

사실, 생각하면 할수록 다비드는 그 구성이 마음에 들었다. 메르세데스와 함께 음악을 연주할 상상을 하니 마음이 한껏 들떴다. 한편 코리나는 스스로를 이해할 수 없었다. 어째서 다른 사람의 행복을 간절히 바라고 그럴 수 있도록 도와주기까지 하면서 왜 스스로에겐 그러지 못할까? 그것은 이미 그녀가 반평생 해오던 질문이었고 그녀는 늘 그랬듯이 정답 찾기를 나중으로 미뤘다. 대신 그녀는 다비드가 온라인 수업 중에 그의 아름다운 동료와 묘한 분위기를 풍기는 모습을 지켜봤다. 코리나의 눈에는 둘 사이에 은밀하게 흐르는 기류가 보였다. 비록 티가 나게 눈빛을 교환하진 않았지만 다른 사람들을 볼 때와 비교해 두 사람이 서로를 바라보는 시간이 약간씩 더 길었다. 다비드는 평소보다 반음정도 목소리를 깔고 있었다. 메르세데스는 보란 듯이 머리를 묶어 올리거나 하진 않았지만, 의도적으로 앞머리를 살짝살짝 넘기는 모습을 보였다. 당연하게도 두 사람은 학교 밖에서 둘 사이에 있었던 일을 학생들에게 들키지 않으려고 노력했다. 코리나는 메르세데스와 다비드가 둘만 온라인 수업 프로그램에 남게 됐을 때조차 은밀하고 신중하게 호감을 표하는 모습을 보면서, 둘 다 이 관계를 아주 진지하게 받아들이고 있다는 결론을 내렸다.

다비드는 원래 노래에서 바꾼 부분을 연주해서 들려줬고, 수업에 참여한 모두가 달라진 소절이 좋다고 했다. 학생들은 삼십 분간 각자 새로 추가된 부분을 연습하고 나서 다시 모여 합주하기로 했다.

"커피 마실래?"

그가 코리나에게 물었을 때, 그녀는 흔히 그러듯 답 대신 다른 질문을 던졌다.

"이게 말이 돼? 메르세데스랑 얘기도 하고 연주도

했는데 멀쩡하다니!"

"온라인이잖아."

"넌 더 전문적인 상담이 필요해."

"너도 받는다면 생각해 볼게."

"그럼 나는 너의 함정에 빠지겠지."

"아니, 그럴 일은 없을 거야!"

"하지만 지금도 나는 함정에 빠져 있어! 이건 내 생애 가장 긴 데이트거든."

"그건 다 네 피자를 배달해 준 친구 때문이지!"

"우리의 피자였어! 그리고 오늘은 제발 싸우지 말자."

"그래, 그러자."

짧은 커피 타임이 지나고, 다비드는 마지막 점검에 들어갔다. 레가토나 으뜸화음, 딸림화음 같은 단어를 써 가며 각자가 무엇을 어떤 높이와 분위기로 연주해야 할지에 대해 지시했다. 코리나는 노트북을 들고 그의 얼굴과 악보, 그리고 피아노 건반 사이를 찍으면서 전체 모습을 생중계했다. 연주하는 그의 모습을! 마치 다른 사람처럼 자신감에 가득 찬 그의 호흡을! 왜 나는 저렇게 할 수 없을까……. 코리나는 자문했다. 어떤 일을 능숙하게 해 내는 모습만큼 멋진 것이 또 있을까! 남들 앞에서는 못하더라도, 혼자서라도 할 수 있지 않았을까……. 중학교 때부터 성악을 시작했음에도 늘 여유롭게 자기 기량을 뽐내던 친구 파울라가 떠올랐다. 코리나는 욕조 안에서 혼자 노래를 부를 때도 그런 여유는 갖지 못했다.

노래 자체는 여전히 전체적으로 들쑥날쑥했다. 첫번째 리허설인데다가, 온라인 합주라는 특이한 상황을 고려한다면 당연히 그럴 수 있는 상황이었다. 다비드는 모두를 칭찬했고 다음 수업에 계속 이어서 연습하기로 약속했다. 그러고 나서 유튜브에 완성된 연주 영상을 올리면 그들은 곧바로 세계적인 스타가 될 것이다.

다비드는 메르세데스에게만 장난스럽게, 마치 코러스 합창단처럼 맨 뒤에서 배경음을 깔도록 지시했다. 그리고 맨 마지막까지 남은 메르세데스는 프로그램을 닫기 직전에 음악과는 무관한 사소한 문제 하나를 지적했다.

"나는 네가 손이 세 개인 줄 몰랐어." 그녀가 말했다. 다비드는 그 말을 제대로 이해하지 못하고 자기가 연주를 그 정도로 잘했다는 뜻으로 받아들이려 하고 있었다. 하지만 그다음에 올 말이 뭔지 이미 알아챈 코리나는 소파에 주저앉으며 손으로 입을 틀어막았다.

"그게 무슨 말이야?" 다비드가 물었다.

"혹시, 너 로봇이야? 카메라를 들고 촬영을 하면서

움직이고 줌인도 하는데, 분명히 두 손은 피아노를 치고 있었단 말이야. 그 집에 누군가……."

다비드는 아랫입술을 꽉 깨물었다.

"나는…… 어, 그래, 어쨌든 오늘 즐거웠어. 메르세데스. 그럼 내일 보자." 그는 황급히 프로그램을 닫고 코리나를 쳐다보면서 말했다.

"망했어."

망했네. 코리나도 같은 생각이었다. 일부러 그런 건 아니었다. 하지만 그건 어쩌면, 불쌍하고 외롭기만 한 줄 알았던 다비드가 사실은 그렇지 않다는 걸 폭로하고 싶은 코리나의 무의식이 저지른 실수일지도 몰랐다.

10일 차: **오해**

다비드는 소파에 책상다리를 하고 앉아서 무릎 위에 노트북을 올렸다. 메르세데스의 메일은 매우 다정했지만, 한편으로는……

"코리나?"

코리나가 욕실에서 대답했다. "응?"

"메르세데스가 뭐라고 썼는지 한번 들어 봐." 다비드가 메일을 읽었다. 어제 연주는 정말 재밌었어. 다비드, 너 진짜 잘 하더라. 아이들이 너를 굉장히 좋아하는 거 알지? 나도 어릴 때 너 같은 선생님이 있었으면 하고 간절히 바랐는데.

"오, 너의 메르세데스도 이미 너에게 푹 빠진 것 같은데?" 코리나가 욕실에서 큰 소리로 말했다.

"계속 들어 봐." 다비드가 메일을 마저 읽었다. 세 번째 손에 관해 내가 한 말 때문에 기분이 상한 건 아니었으면 좋겠어.

코리나가 혀를 차며 말했다. "하여간 여자들이란…… 그 사람을 기만한 건 넌데, 왜 그 사람이 사과를 하냐고! 우리 여자들은 왜 항상 이런 식인 걸까? 도무지 이해할 수가 없어."

"나는 메르세데스를 기만한 적 없어." 다비드가 반박했다.

"그게 그거지."

"아직 안 끝났어." 다비드의 목소리가 점점 줄어들었다. 내 책상 앞엔 우리 오빠가 보낸 엽서 한 장이 붙어 있어. 우연히 공항에서 발견했다는데, 아마 이거 말고도 이름을 가지고 만든 여러 엽서들이 있었겠지. 내 엽서엔 이렇게 적혀 있어. 메르세데스. 스페인 어원. 충만한 은혜, 자비로움, 섬세함, 열정, 운명을 굳게 믿음. 도전적이고 적극적인 사람. 그녀는 고집이 세고 엄격한 편으로 한 번 정한 목표를 놓치지 않는다. 그녀에게 거짓을 고하는 자, 화를 면치 못하리라!

"오…… 오……." 욕실에서 비명에 가까운 소리가 들렸다. "그리고?"

"그다음은 별것 없어. 마지막에 이렇게 끝나." 이제

그의 목소리는 완전히 가라앉아 있었다. **뭐 더 필요하면 연락해. 안녕, 메르세데스.**

　　그때 코리나가 거실로 걸어 나왔다. 다비드가 제일 좋아하는 회색 스웨터를 치마처럼 걸친 채. 스웨터의 소매는 사라지고 없었다. 상의는 'I ♥ PARIS'라고 적힌 그의 티셔츠의 밑 부분을 잘라 버리고 크롭티로 입고 있었다. 다비드는 공포에 질린 눈으로 그녀를 쳐다보다가 노트북을 옆으로 밀어 놓고 자리에서 일어났다.

　　"코리나! 그건 내가 제일 좋아하는 스웨터야……. 너무 좋아해서 아껴 입는 스웨터라고!"

　　코리나는 아무 반응 없이 달력 한 장을 뜯었다. 열 번째 날이었다.

　　"너 진짜, 이러면 안 돼! 코리나!"

　　"이게 그렇게 질색할 일이야? 소매는 다시 꿰매면 돼."

　　"그럼 티셔츠는!"

　　"입지도 않잖아. 맨 밑바닥에 있던데."

　　"졸업 여행 기념품이야."

　　"엄청 낡았단 얘기네."

　　"하지만 내 스웨터는! 내가 저번에도 분명히 말했지. 그거 내가 제일 아끼는 스웨터라고. 그런데 소매를 잘라 버리다니! 너 이런 걸 뭐라고 하는지 알아? 가정폭력이야!"

다비드는 거의 울 것 같았다. 코리나는 한때 찌질한 남자를 약간 귀엽다고 생각한 적이 있었지만, 지금 눈앞에서 다비드가 우는 꼴을 보고 싶진 않았다. 그녀는 한숨을 내쉬며 안쪽으로 손을 넣어 소매를 밖으로 꺼냈다. 애초에 소매를 자르지 않고 그냥 안으로 집어넣었던 거였다. 다비드는 소파에 주저앉았다.

"이번 건 너무 무서웠어."

"오늘은 뭐 할까?" 코리나가 물었다.

"몰라."

"책 정리나 해볼까? 삼십 초면 끝날 테지만."

"나는 대부분 전자책으로 읽어."

"반짇고리 있어?"

"욕실 맨 아래 서랍에."

코리나는 잠시 사라졌다가 자기 옷으로 갈아입고서 'I ♥ PARIS' 티셔츠와 반짇고리를 손에 들고 나타났다. 그녀는 촌스러운 구닥다리 반짇고리를 머리 위로 쳐들었다.

"어머나, 이것 좀 봐!"

"엄마가 주신 거야."

"다비드, 아무래도 메르세데스에게 다 털어놔야 할

것 같아. 우리 둘에 관한 것 말이야."

"우리 둘의 뭘? 우리 사이엔 아무 일도 없었잖아."

"그거야 그렇지!"

코리나는 아무렇지 않게 대꾸했지만, 마지막 문장에 바늘에 찔린 것처럼 가슴이 따끔거렸다. 그녀는 아직도 첫째 날 밤에 무슨 일이 있었는지 몰랐다. 하지만 아무 일도 없었다니…… 없었다니……. 귓속에서 메아리가 치는 것 같았다. 그리고 조금 상처받은 것 같기도 했다. 다비드, 진짜야? 우리 사이에 정말 아무 일도 없었던 거야? 하지만 그 말은 머릿속에서만 맴돌았고 입으로는 다른 말이 나왔다.

"아무리 그래도, 새로운 관계를 거짓말로 시작할 수는 없어."

"아직 새로운 관계가 시작되지도 않았어!" 다비드는 반박했지만, 그것도 그저 말뿐이었다. 진심이 담기지 않은 말.

"새로운 관계가 시작되지 않은 건 네가 그걸 두려워하기 때문이야! 한마디만 더 할까? 너한테는 이렇게 십사 일짜리 강제 동거나 하는 게 어울려!" 코리나가 크게 소리쳤다.

"나도 너한테 한마디만 할게. 그래, 나는 좋아, 이 십사 일짜리 동거가."

코리나가 놀라서 그의 눈을 빤히 쳐다봤다. 얘가 지금 뭐 하자는 거야? 무슨 뜻이지?

"음, 그러니까 네 말은 이런 일이 아니었더라면 우리가 이렇게까지 서로를 잘 알게 될 순 없었을 테니까, 그래서 좋다는 거지? 그리고 이 시간을 함께…… 이런 시기를 같이 이겨 낼 수 있으니까 좋다는 뜻이지?"

"물론 그런 것도 있고. 하지만 그 이유보다는 네가 나를 도와준 게 더 커. 그것도 아주 적극적으로……."

"뭐?"

"메르세데스와 가까워질 수 있게 도와줬잖아."

"야 이 개새끼야!" 코리나가 소리를 지르며 반짇고리를 그의 발밑에다 내던졌다.

11일 차: 키스

이른 저녁이었다. 다비드는 옷을 말끔히 차려입은 채로 방에서 나왔다. 청바지에 파란색 셔츠를 입고 갈색 가죽 신발을 신은 그의 모습에 코리나가 웃음을 터뜨렸다. 다비드, 그건 외출용 신발이잖아! 여긴 너희 집 거실이라고!

두 사람은 오전 내내 바닥을 기어 다니며 집 안에 흩어진 바늘과 단추, 실타래 등을 모아서 반짇고리에 다시 집어넣었다. 그리고 코리나는 다비드에게 사과했다. 그는 그녀의 반응을 전혀 예상하지 못했다. 그녀의 감정 상태를 파악하는 건 너무 어려운 일이었다. 코리나도 자신의 상태를 파악하기 힘들다는 걸 인정했다. 어쨌든 그녀는 다시 와인이 필요해졌고, 빵과 버터, 계란과 두유, 두부까지 다 먹어 치운 상황이었다. 그래서 다비드는 다시 한번 결심을 하고 메르세데스에게 메일을 보냈다. 부탁할 생필품 목록과 그녀 책상 앞에 붙어 있다는 그 엽서의 수상쩍은 글에 대한 말도 썼다. 코리나는 그가 무슨 얘길 썼는지를 캐묻지 않았다. 다비드가 메르세데스에게 무엇을 말하든 자기와는 아무 상관이 없다는 걸 스스로 인정했기 때문이다. 하지만 역시 궁금한 건 참을 수 없었다. 코리나는 어떻게 하면 메일 내용을 알아낼 수 있을까 고민하다가 자리에서 벌떡 일어나 발코니로 나가서 박수를 치기 시작했다. 짝짝짝, 짝짝짝.

"거기서 뭐하는 거야?" 다비드가 어리둥절해하며 물었다.

"저녁 6시잖아." 코리나가 계속 박수를 치며 대꾸했다. "의료진에게 박수를 보내는 캠페인에 동참하는 거야. 꼭 의료진이 아니더라도, 이 상황에서 도움을 주는 모두를 위해."

"그런 게 있다는 건 알아. 그래도 꼭 너까지 동참할 필요는 없을 거 같은데."

"왜?"

"시끄러우니까!"

"그러지 말고 우리 오늘 「환희의 송가」도 부르자!" 코리나가 큰 소리로 말했다.

"무슨 소릴 하는 거야? 노래 따윈 안 부른다던 사람이 누군데? 코리나, 네가 한 말 벌써 잊었어?"

"이건 달라."

"뭐가 달라?" 다비드가 물었다.

"이건 일종의 시위니까! 바이러스에 맞서고, 국가에 맞서고, 외로움에 맞서고, 삶에 맞서고, 다른 모든 것에 맞서 시위하는 노래지!" 장황하게 말을 늘어놓은 코리나가 진짜로 노래를 하기 시작했다. "아름다운 신의 광채여, 낙원의 딸들이여, 우리 모두 정말로 취해서……."

"제발 그렇게 큰 소리로 부르지 말라고! 그리고 '정열에 취해서'야, '정말로 취해서'가 아니라!"

코리나가 아이 같은 표정을 지으며 그를 돌아봤다. "응? 뭐라고?"

"그 사람이 올 거라고!"

"누가?"

"메르세데스!"

"그럼 이건 메르세데스에 맞서는 노래가 될지도 모르겠네."

"코리나!"

코리나는 다시 거실로 들어와 다비드 앞에 섰다.

"그 사람이 나를 보면 안 된다 이거지."

"아, 진짜!"

"그 사람한테 뭐라고 얘기했는데? 집에 친구가 있다고 했어? 아님 누나? 혹시 이모라고 한 건 아니겠지?"

코리나는 다시 발코니로 뛰쳐나가 손뼉을 치며 노래를 불렀다. 다비드는 그녀의 도발에 반응할 의욕마저 사라져서 발코니 문을 닫고 걸어 잠갔다. 잠시 밖에서 머리를 좀 식히렴.

바로 그때 초인종이 울렸다.

코리나는 그 소리를 듣고 집 안으로 들어가려 했지만, 문이 잠겨 있다는 걸 깨닫고 그냥 담배나 한 대 피우면서 기다리기로 했다. 어떻게 됐을까?

몇 분 후 다비드가 돌아왔다. 표정이 한결 밝아진 그가 발코니 쪽으로 달려와 문을 열었다.

"어휴, 너무 고맙네." 코리나는 여전히 발코니에 버티고 서서 말했다.

그때 갑자기 다비드가 코리나를 꼭 껴안고는 양 볼에 번갈아 가며 볼 키스를 했다.

"코리나! 메르세데스가…… 메르세데스가 나한테 키스를 했어!"

"뭐?"

"그러니까 혀를 넣거나 뭐 그런 건 아니고, 그냥 이

렇게!" 그는 다시 코리나를 껴안고 볼 키스를 했다.

"네 동료분께서 볼 키스 두 번 해줬다고 이러는 거야? 누가 보면 메간 폭스랑 자기라도 한 줄 알겠네."

"그래도 너무 용감하잖아!" 다비드가 큰 소리로 말했다.

"메간 폭스가?"

"너무 대담하고!" 다비드가 덧붙였다.

"대담하다고?" 뭐가 대담하다는 걸까. 코리나는 궁금했다.

"내가 코로나에 걸렸을 수도 있는데도 나랑 키스한 거잖아!"

"벌써 열흘이 넘었어. 이젠 보건소에서도 네가 코로나에 걸렸다고 생각하진 않을걸."

"메르세데스는 사귀는 사람이 있었는데 사흘 전에 헤어졌대. 꽤 오래전부터 사이가 안 좋았나 봐." 다비드가 말했다.

"그 사람이 그런 얘길 다 했어?" 코리나가 놀라워하며 물었다.

"응. 그리고…… 그 사람은 탱고 댄서였대."

"또 무슨 얘길 했어? 사흘 전에 둘이 만나서 헤어지기로 했대? 온 도시가 봉쇄된 이 시국에?" 코리나가 웃음을 터뜨리며 물었다.

"그냥 헤어졌다고만 얘기했어. 둘이 같이 살고 있었
는데 봉쇄령이 내려진 상황에서 그 사람과 갇혀 지내는
것이 너무 끔찍하게 느껴졌다고 그러더라." 다비드가 설
명했다.

"끔찍했겠네……." 코리나가 거실로 들어오며 중
얼거렸다. 그녀는 다비드의 눈을 봤다. 지금부터는 그를
자극하거나 화나게 하는 대신 있는 그대로를 말해야 했
다. 사실 그대로를.

"와, 놀라운 일이네. 그럼 이제 너희 둘 사이가 확실
해진 건가?"

"그리고 정말 굉장한 게 하나 더 있어." 다비드가 두
눈을 반짝이며 말을 이었다. "메르세데스가 나를 집으로
초대했어. 비건 요리를 해주겠대!"

"그 얘긴, 네가 뻔뻔하고 막무가내인 데다가 제멋대
로 구는 육식주의 알코올 중독자 웨이트리스랑 일시적
으로 같이 살고 있다는 사실을 그 사람이 알게 됐다는 거
네. 아 참, 네가 삼성 갤럭시폰을 쓰지 않는다는 것도."

"맞아." 여전히 꿈속을 거니는 듯한 표정으로 다비
드가 대답했다.

"정확하게 뭐라고 했는데? 진짜로 뻔뻔하고 막무

가내에 제멋대로 구는 육식주의 알코올 중독자 웨이트리스와 그녀의 낡아 빠진 삼성 갤럭시폰이랑 같이 지낸다고 한 건 아니겠지?" 코리나가 캐물었다.

"네 조언대로 말했어."

"그게 뭐였지?"

"진실."

"진실이 뭔데?"

"나는 젊고, 매력 있고, 조금 특이한 구석이 있는 여성과 자가 격리중이지만 그녀와 사귀는 건 아니다."

"아하."

"맞잖아, 아니야?"

"틴더로 만났다는 얘기도 했어?"

다비드는 고개를 끄덕이곤 코리나의 눈을 보며 말했다. "코리나, 그거 알아? 넌 천재야!"

"내가? 천재라고?"

"이렇게 저렇게 둘러대는 것보다 진실을 말하니까 일이 진짜 쉬워지더라."

"네가 나한테 한 말 잊었어? 거울 신경세포 말이야. 사람은 자기와 연결된 사람을 거울처럼 반영하기 마련이다."

"하지만 그걸 이렇게 실전에 적용할 수 있었던 건

다 네 덕분이야! 내 솔직함이 메르세데스에게도 전달된 것 같아. 그래서 이제 서로에게 마음이 좀 더 열린 것 같은 기분이야."

그때 코리나의 눈꺼풀이 파르르 떨리기 시작했다. 안 돼, 코리나. 그녀는 자기 자신에게 애원했다. 제발, 울지 마!

"코리나?" 다비드가 걱정스러운 듯 그녀의 이름을 부르곤 물었다. "기쁘지 않아?"

"기뻐, 다비드." 코리나가 울먹이는 목소리로 말했다. "정말 기뻐. 잘됐다. 다비드……. 너무 잘됐어, 너희 둘……."

코리나는 더 이상 눈물을 참을 수가 없어 욕실로 뛰어 들어갔다. 다비드가 어리둥절하게 그녀의 뒷모습을 바라보며 말했다.

"어쨌든 코리나가 한 가지는 정확하게 봤네. 나는 정말 여자를 모르나 봐."

12일 차 오전: 스톡홀름증후군

아침이 밝았지만 하늘은 좀처럼 잿빛 기운을 떨쳐내지
못했다. 정말이지 너무나 무기력하게 하루가 시작됐다.
코리나와 다비드 둘 다 막 잠에서 깼는데도 다시 자러 가
고 싶은 기분이 들었다. 물에 젖은 솜처럼 몸이 무거웠
다. 달력을 찢는 의례도 날씨처럼 무덤덤하게 치렀다. 열
두 번째 날. 남은 날은 겨우 이틀 혹은 하루 반이었다. 하
지만 이상하게도 둘 다 그다지 큰 감흥이 없었다.

"왜 별로 기쁘지 않지?" 코리나가 물었다.

"모르겠어. 혹시 스톡홀름증후군이 이런 건가."

"그게 뭐야?"

"스톡홀름증후군은 인질로 잡힌 피해자가 가해자
에게 긍정적인 감정을 갖게 되는 현상이야."

"그 말은 우리가 지금 코로나바이러스에 인질로 잡

힌 데 너무 익숙해진 나머지 우리도 모르게 이 생활을 좋아하게 됐다는 뜻이야?"

"글쎄. 하지만 이제 격리가 거의 다 끝났는데도 우리가 좋아하지 않는 게 좀 이상하잖아?"

"잠깐만, 나 화장실 좀 다녀와도 될까?" 코리나가 물었다. 그녀가 화제를 전환하는 전형적인 수법이었다.

"그러시든가. 나도 이제부터 리허설을 준비해야 하니까."

코리나가 화장실로 사라진 사이, 다비드는 피아노 앞에 앉아 자기 파트를 처음부터 끝까지 한 번 쳐봤다. 그러고는 노트북을 켜고 온라인 수업 프로그램에 접속했다. 연주에 참여할 모든 학생이 이미 접속해 있는 것을 확인했다. 약속을 잘 지켜 준 학생들이 반가웠다. 그리고 메르세데스를 다시 볼 수 있어서 기뻤다. 그때 코리나가 화장실에서 성큼성큼 걸어 나왔다.

"생리대는 어디에 있어?" 그녀가 물었다.

다비드는 황급히 프로그램을 닫았다. 모두가 함께 들으면 절대 안 되는 대화가 시작될 것 같았기 때문이다.

"뭐라고?"

"나 탐폰이 필요해."

"나한테 탐폰이 왜 있겠어?" 다비드가 말했다.

"아, 그럼 메르세데스한테 사다 달라고 부탁해야 겠네."

"내가 사올게! 좀 이따가! 일단 리허설부터 하고." 다비드가 황급히 말했다.

"갑자기 용감해졌네. 3600유로짜리 탐폰이 될지도 모르는데 괜찮아?"

"그렇다고 메르세데스에게 부탁하긴…… 좀 민망 하잖아." 다비드가 얼버무렸다.

"그렇게 민망할 것도 없을 거 같은데. 이제 그 사람 도 진실을 알잖아." 코리나는 말하면서도 과연 메르세데 스가 진실을 알긴 아는 걸까 궁금해졌다.

다비드가 노트북을 가리키며 말했다. "나 이제 시작 해야 해."

"일단 당장은 수건이라도 써서 좀 막아 볼게. 그리 고 혹시나 네가 관심 있을까 봐 하는 말인데." 코리나 가 한 마디를 덧붙였다. "어쨌든 임신은 아니어서 다행 이야."

다비드가 무관심하게 대꾸했다. "당연하지. 지난 십 이 일간 임신될 만한 일이라곤 전혀 없었으니까."

"전혀 없었어?" 코리나가 말꼬리를 잡았다.

"응." 다비드가 약간 짜증스럽게 대답했다.

"진심이야?"

마침내 때가 왔다. 코리나는 정확한 사실을 알아야만 했다. 이틀 후면 여기에서 일어난 일은 없던 일이 될 것이다. 다비드는 다른 여자에게 푹 빠져 있으니까 더 이상 만날 일도 없을 것이다. 코리나는 이제 모든 진실을 감당할 준비가 됐다고 느꼈다. 설사 그것이 역겹거나 당황스럽거나 혹은 경악스러운 것이라도 말이다.

"그러니까, 어차피 우리가 곧 두 번 다시 안 볼 사이가 될 거니까 묻는 건데……. 그날 대체 무슨 일이 있었던 거야?"

"무슨 일이라니?" 다비드가 영문을 모르겠다는 듯이 물었다.

"첫째 날 밤에, 내가 여기 온 첫째 날 밤에 도대체 무슨 일이 있었냐고!"

"코리나! 나 리허설 시간 됐어! 이따 얘기해!"

12일 차 오후: 개자식의 유형

하루를 온통 음울하게 채우던 잿빛은 밤이 되자 새까만 먹빛이 됐다. 다비드는 문득 집 주변 거리가 평소보다 더 어두워 보인다는 생각이 들었다. 건물의 전광판, 자동차의 전조등, 식당과 술집 간판에서 나오는 불빛이 모두 사라졌다. 사방이 칠흑같이 어두워진 지금, 코리나와 다비드는 오히려 오전보다 생기가 돌았다.

코리나는 저녁을 성대하게 차렸다. 그러나 지난번처럼 초를 켜진 않았다. 대신 메르세데스가 사다 준 닭다리 두 개를 구워서 올렸다. 다비드는 채소 스프만으로 충분하다고 했지만, 오늘은 술을 한잔 곁들이기로 했다. 메르세데스가 고른 화이트와인은 가볍지만 감칠맛이 났다. 다비드는 보통 때와는 달리 이날은 술을 마셔도 별로 피곤하지가 않았다. 오히려 조금 말이 많아졌다. 코리나가 그의 부모님 안부를 물었다. 부모님 얘기는 절대 길게 얘기하지 않는 다비드였지만, 오늘은 어린 시절의 얘기를 조금 들을 수 있었다.

"아마도 네가 상상할 수 있는 세상에서 가장 지루한 부모님일 거야. 그리고 내가 상상할 수 있는 최고의 부모님이지."

"무슨 일을 하셔?"

"두 분 다 은퇴하셨어. 지루한 삶이지. 그런데 은퇴하시기 전에 하시던 일도 정말 지루한 거였어. 아버지는 중장비 회사 기술자였고 어머니는 은행 회계팀에 계셨어. 내가 열두 살 때까진 전업주부셨고, 매일 맛있는 요리를 해주셨지. 아버지는 매일 6시면 퇴근을 해서 저녁을 드시고 텔레비전을 보셨어. 지금은 작은 마당이 있는 주택에 사시고 나도 거기서 자랐지. 일 년에 한 번씩 바다에 갔는데, 목적지는 항상 이탈리아 예솔로였고 숙박은 항상 카사 비앙카라는 호텔에서 했어. 코리나? 자는 거야? 그래, 정말 재미없는 얘기야. 하지만 어릴 땐 지루한 것도 괜찮은 것 같아. 안정적인 게 아이들한텐 좋으니까. 그래도 지금까지 큰일 없이 두 분이 사이좋게 잘 사셔서 얼마나 다행인지 몰라. 원래 그랬듯이 외출도 안 하고 사람도 안 만나고 코로나를 많이 걱정하고 계시지만,

그것 말고는 괜찮으셔."

"어린 시절 트라우마 같은 거 없었어? 좌절한 경험
도 없고? 두 분 모두 혼외 관계나 혼외자 같은 것도 없었
어? 알코올 중독, 약물 중독, 가정폭력…… 이런 것도?"

"없어. 두 분 다 세상에서 가장 모범적인 분들이라
고 할 수 있지. 두 분이 저지른 가장 정신 나간 짓이 열기
구를 탄 거였대. 1988년 일인데 아직도 가끔 그 얘기를
하셔."

"부럽다." 코리나가 미소를 지으며 말했다. "네가
부럽다고. 내가 그분들이었다면 좀 지루했을 거 같지
만." 코리나는 열심히 닭 다리를 뜯으며 말했다. "엄마
가 아직 마음에 드는 사람 못 찾았냐고 맨날 물어보지 않
아?" 질문을 던져 놓고서 코리나가 다비드를 빤히 쳐다
봤다.

"어떻게 알았어?" 그가 되물었다.

"너는 전형적인 다섯 번째 유형이니까 그렇지."

"다섯 번째 유형?" 다비드는 무슨 뜻인지 도통 감을
잡을 수가 없었다.

"내가 개자식들을 분류하는 방법이야." 코리나가
설명했다.

"그게 뭔데?"

"잘 들어 봐. 첫 번째 개자식은 완벽한 유형이야. 부모님의 칭찬을 받고, 동료들의 사랑을 받지. 공부도 잘하고, 외모도 훌륭해. 운동도 잘하고 돈도 잘 벌고 슈퍼카를 타고 옷도 잘 입고 행동도 점잖고……. 하여간 빠지는 게 하나도 없지."

"그럼 뭐가 문제야?" 다비드가 궁금해했다.

"그런 남자한테 어울리는 여자는 세상에 없어. 그만큼 마음에 드는 여자가 없기 때문이지. 그럼 다음으로 넘어갈게. 두 번째 유형의 개자식은 은밀한 여성혐오자야. 걔네 엄마가 왕자처럼 떠받들어 키워서 재수 없고 말이 많고 잘난 척이 심해. 좋은 건 하나도 못 배웠지. 그런데도 같이 잔 여자는 세 자릿수야. 여자들은 자기를 막 대하고 허구한 날 거짓말을 하는 개자식을 사랑하기 때문이지. 세 번째 개자식은 돈도 있고 강아지도 있고 바닷가에 별장도 있고 결혼도 해서 애도 있어. 그런데 그걸 말하지 않지. 적어도 첫 번째 데이트에서는. 그러고선 여자가 슬슬 지겨워지면 그때 실토해. 네 번째 개자식은 덜 큰 어른이야. 세상 그 무엇보다 플레이스테이션을 사랑하지. 넷플릭스 「하우스 오브 카드」 시리즈의 대사를 토씨 하나 빠뜨리지 않고 달달 외우고, 「콜 오브 듀티」 게임의 킬/데스 비율이 몇 점인지에 목숨을 걸어. 다섯 번째 개자식은 친구 같은 유형이야. 기본적으로 다정해. 그리고 독립성을 매우 중요하게 생각하기 때문에 혼자 살아도 전혀 문제없어. 사람들이 언제 제대로 된 짝을 만날 거냐고 물을 때만 약간 신경을 쓰는 정도? 그런데도 걔네 엄마는 자꾸 선을 보라고 등을 떠밀고, 친구들도 소개팅을 주선하지. 하지만 안타깝게도 이런 유형은 누구랑 깊이 엮이는 걸 무지하게 싫어해."

"설명을 듣고 나니 내가 다섯 번째 유형이라서 그나마 다행인 것 같네." 다비드는 간단하게 평을 하고선 잔에 와인을 따랐다.

"너한텐 이제부터 좋은 시절이 시작될 거야." 코리나가 와인을 들이키며 말했다. "네가 여자를 고를 수 있다는 말이야. 우리 나이엔 매력 있는 '잠재적 아빠'를 찾는 여자들이 많거든."

다비드는 당혹감을 웃음으로 감추며 와인을 한 모금 마셨다. 그는 그 말에 어떻게 대꾸해야 할지 알 수 없었다. 내가 매력적인가? 뭐, 그럴 수도……. 그런데 '잠재적 아빠'라고? 아빠가 되고 싶었던 적이 과연 있었던가?

다비드가 겨우 입을 열었다. "잠재적 아빠라……. 말이 좀…… 이상하게 들리네. 그리고 남자나 여자나 나이 드는 건 다 똑같은 거 아냐? 여자만 생물학적 시간이 빨리 가나?"

"지금 내 가임기가 지나가고 있으니까 당장 애를 낳아야 한다는 얘기를 하는 게 아니라, 절대로 그건 아니야! 내 말은, 같은 삼십 대라도 남자들이 여자들보다 파트너 찾기가 더 쉽다는 거야. 이십 대엔 정반대였지만. 그땐 우리가 선택했지. 그리고 선택을 잘못했어도 그냥 넘어갈 수 있었어, 다음이 될 남자들은 많았으니까. 그런데 지금은 어떤지 아니? 여자가 서른하나, 서른둘, 서른셋이 되면 어떨 것 같아? 나는 내가 이미 너무 늦은 것 같다는 생각이 들어."

"무슨 소리야! 너 아직 괜찮아!" 다비드가 반박했다.

"그런 말 많이 들었지. 하지만 이젠 앞뒤로 부연이 붙어. '전에는 괜찮았었는데' 라거나, '괜찮긴 한데 좀……' 이런 식으로."

"그런 말 신경 쓰지 마. 진짜 괜찮으니까!" 다비드는 이렇게 말하면서도 정확히 뭐가 괜찮다고 하고 있는 건지 알 수 없었다.

"그래. 나도 언젠가는 내 인생에서 제일 좋은 시절이 오겠지, 하며 항상 기다리고 있었어. 하지만 평생 안 올 수도 있겠지……. 아까 말한 다섯 부류의 개자식들,

다 내 경험에서 나온 거야. 첫 번째 유형의 개자식이랑 사귈 때는 예쁘게 보이려고 네일숍도 가고 하이힐도 신었어. 그런데도 이 주밖에 안 가더라. 두 번째, 그러니까 여성혐오자는 이 년 가까이 사귀었어. 첫해에는 그 사람이 그런 놈이라는 걸 믿지 않았고 이듬해에는 믿고 싶지 않아서 부정했지. 세 번째 개자식, 유부남. 나한텐 연애였지만 그 자식에겐 바람이었던 그 관계를 일 년이나 끌었어. 네 번째 개자식이랑은 반년을 사귀었는데 섹스할 때마다 나를 게임기 다루듯이 해서 힘들었지. 그런데도 나는 그런 자식들에게 잘 보이려고 애썼고 그 노력의 대가로 냉담한 그 자식들의 뒷모습을 봐야 했어."

"왜 여자들은 자기한테 안 맞는 신발인데도 신어 보려고 하는 거야?"

"그건 아마 여자들이 신발에 환장했기 때문 아닐까?"

"안 맞으면 빨리 새로운 신발을 찾아도 될 텐데." 다비드가 말했다.

코리나가 웃었다. "거봐. 다섯 번째 개자식이 할 만한 전형적인 말을 지금 네가 했어. 다정하고 깔끔하고 잘생기고 조금 가까워졌다 싶으면 항상 '우리 그냥 좋은 친구로 지내자'라고 말하는 부류!"

코리나는 술과 사랑이 정말 지독하다고 생각했다.

사랑에 빠지든 술에 취하든 뇌는 정상적인 사고를 할 수 없다. 눈앞의 행복만 보고 따라가다가 깨고 나면 참담하게 홀로 남겨지는 것이다. 혹시 술과 사랑을 만든 대자연이 개자식들과 결탁하고 있는 건가? 개자식들이 꾸준히 세상을 지배해 온 데는 대자연의 도움이 있었던 걸까? 하지만 수만 년 동안 인류가 존속해 올 수 있었던 이유는 여자들이 개자식들의 개수작에 꾸준히 넘어갔고, 그 결과 아이들이 계속 태어났기 때문일 거야……. 꼬리에 꼬리를 무는 생각에 빠진 코리나를 다비드가 현실로 끌어왔다.

"코리나, 만약 네가……."

"나도 알아. 내가 눈높이를 낮추면, 바닥까지 낮춘다면 만날 사람은 많아지겠지. 우리 엄마가 이미 한 말이야. 근데 그게 말이 쉽지, 잘 안 되더라." 그녀는 와인을 마시고 자기 잔과 다비드의 잔을 채웠다.

다비드는 다섯 유형의 개자식들에 대하여 더 이상 듣고 싶지 않았다. 그래서 이번에는 자기가 주제를 바꿔 보기로 했다.

"그런데 너희 어머니는 어떻게 지내셔?"

"아직까지는 괜찮아……. 엄마는 모든 걸 굉장히 낙관적으로 보고 있어."

"친엄마 맞아?"

코리나가 웃었다. 그녀도 그런 생각을 한 적이 있기 때문이다.

"엄마는 코로나가 우리의 삶을 더 나은 방향으로 바꿀 거래. '사람들이 재택근무를 하고 정신없이 달리는 차들이 줄어들어서 세상이 조용하고 차분해졌다, 하늘을 봐라! 저 드넓은 하늘에 비행기가 한 대도 없으니 얼마나 깨끗하고 좋냐!'"

"비행기야 봉쇄가 풀리는 그 즉시 다시 날아다닐 텐데 뭐." 다비드가 말했다.

"엄마가 유튜브 링크들을 계속 보내. 이거 봐봐. 프랑스 마르세유에 거대한 고래들이 나타나고 이탈리아 베네치아의 운하가 맑아졌어. 이런 일이 일어날지 상상이나 했어? 사방에서 신선한 변화들이 일어나고 있어."

"어떤 사람들은 코로나가 기후변화에 아무 영향을 미치지 않는다고도 하던데." 다비드가 자기 잔을 비우며 말했다.

"하지만 많은 사람이 고민을 하긴 할 거야. 자동차와 비행기가 없는 생활에도 익숙해질 거고……. 그리고 우리가 아무것도 하지 않으면, 결국 기후변화가 우리 삶을 더 심각하게 제한하게 될 거란 걸 알게 되겠지."

"코리나, 정말 그렇게 생각해?"

"우리 엄마는 그렇게 생각해. 엄마는 코로나가 하나의 신호라고 여겨. 처음엔 세계 종말의 신호라고 생각했다가 지금은 바이러스가 우리에게 깨달음을 줘서 사는 방법을 바꾸도록 도와줄 거라고 생각하지. 그리고 포퓰리즘이 외면받는 정치 상황에 대해서도 굉장히 긍정적이야. 허풍만 치던 정치인들이 다 사라졌잖아."

"정치인들은 금방 다시 돌아올 거야. 우리를 기만할 수 있는 새로운 방법이 떠오르는 그 즉시."

"기만한다고?" 코리나가 물었다.

다비드는 빈 잔에 와인을 따르고 한 모금 마셨다.

"내가 진짜로 싫어하는 게 뭔지 알아? 이젠 정치에서 '화법'이 제일 중요해졌다는 거야. 정치인들은 국가를 운영하는 게 아니라, '말'로 사람들을 조종하고 있을 뿐이야. 그리고 사람들을 조종하는 데 공포보다 더 효과적인 방법은 없어. 계속해서 공포와 불안을 주입하면 두려움에 휩싸인 사람들은 힘을 잃고 순종하게 돼. 죽음이라는 원초적인 공포는 순식간에 퍼져 나가 모든 이들의 정신을 감염시키지. 아이들이 자기들 때문에 부모님이나 할아버지, 할머니가 돌아가실까 봐 걱정하면서 떨고 있는 모습, 병실이 부족해 병원 복도에서 죽어 가는 사랑하는 사람과 마지막 작별 인사를 나누는 모습이 매일 같이 뉴스에 나오고 모든 매체에서 앞으로 수만 명, 수십만 명이 죽을 수도 있다는 소릴 끝도 없이 떠들고 있어. 그러니까 정치인들은 마음껏 그 기회를 이용하고 있고, 대중들은 자신도 모르는 사이에 정치인들의 개가 되는 거야. 죽음을 이기는 사람은 없으니까."

"진짜로 수십만 명이 죽을 수도 있으니까 겁을 좀 주는 게 좋을 수도 있잖아? 사람들이 더 조심하게 될 테니까."

"부모가 아이들에게 도깨비 얘기를 하는 의도와 비슷해. 지옥에 간다고 겁을 주는 교회와도 비슷하고. 정치인들은 이미 우리가 집 밖을 나설 때 경찰을 두려워하도록 만드는 데 성공했어. 그건 너도 잘 알잖아. 최악은, 해도 되는 것과 하면 안 되는 것을 정확하게 알고 있는 사람이 아무도 없다는 거야. 내가 장담하는데 지금 내려진 모든 긴급 조치들을 헌법재판소로 들고 가면 바로 위헌 판정이 날 거야!"

"엄마는 우리가 좀 더 독립적으로 될 거라고 했어. 다시 유럽에서 물건들이 만들어지고 축구선수들이 수백만 유로를 덜 버는 대신 청소부나 마트 직원들이 몇백 유로라도 더 벌게 될 거라고."

"너도 그렇게 될 거라고 믿는 건 아니지? 마트 직원은 변함없이 800유로를 받을 거야. 그리고 부동산 재벌들은 긴급재정명령으로 8억 유로를 더 받겠지." 다비드가 반박했다.

"우리는 집에서 휴가를 보내게 될 거고 사람들과의 관계를 좀 더 중요하게 여기게 될 거랬어." 코리나가 다시 그 말을 반박했다.

다비드는 한숨을 내쉬었다. "내가 보기엔 너희 엄마가 우리보다 훨씬 젊은 것 같다."

"우리 엄마 이제 겨우 쉰한 살이야."

"젊을 때 널 낳으셨구나."

"열아홉에 낳았지. 그리고 우리 외할머니도 우리 엄마를 열아홉에 낳으셨대. 그리고 두 분 다, 임신 사실을 알리는 순간 남자들이 도망갔지. 나도 열아홉에 임신을 했었어."

"그래서 어떻게 됐어?"

"지웠어."

"안쓰럽다."

"아니, 별로……. 나는 담담했어. 하지만 다른 길을 선택한다고 해서 꿈이 이뤄지진 않더라고. 아무래도 그건 일종의 가문의 저주가 아닌가 싶어."

"꿈?"

혹시 이번엔 좀 더 들을 수 있을까? 다비드는 기대했다. 노래와 그림에 대한 그녀의 열망에 대해서……. 하지만 코리나는 이번에도 그 이야기는 별로 하고 싶지 않은 기색이었다. 그래서 언제나 그랬듯이, 엄마의 꿈에 대한 이야기로 화제를 전환했다.

"엄마는 작은 시트로엥 자동차를 타고 이탈리아에 가서 곤돌라를 타는 게 꿈이었다는데, 아직도 이루질 못했어. 차도 없고 같이 갈 사람도 없거든."

"네가 같이 가면 되잖아."

"내가? 엄마랑? 차를 타고? 도착하기도 전에 둘 다 돌아 버릴걸!"

"엄마는 무슨 일을 하셔?

"사회복지사야. 어린이·청소년 돌봄센터에서 일해. 엄마는 자기가 세상을 바꿀 수 있다고 생각하는 부류의 사람이야. 그리고 엄마가 이루지 못한 더 나은 세상을 이제 코로나가 이뤄 낼 거라고 믿고 있지."

"코로나가 뭘 바꿔? 아무것도 안 변해. 전혀." 다비드는 와인을 한 모금 더 마셨다. "상황이 풀리자마자 사람들은 다시 자동차를 타고 정신없이 주변을 돌아다니고 교통체증을 만들 거야. 단돈 29유로에 남유럽까지 데

려다주는 저가 항공들이 하늘을 더럽히겠지. 그리고 항생제 내성 때문에 이 빌어먹을 바이러스로 사람들이 죽어 나가는데도 계속해서 항생제에 푹 절은 돼지고기를 싼 맛에 사 먹을 거야. 밭에는 계속 독약 성분의 농약을 뿌려 댈 거고, 끊임없이 무기를 만들어 전쟁에 대비할 거고, 선진국들은 자기들 때문에 생긴 난민을 거부하고 바다에서 익사하도록 내버려 두겠지. 손 씻기 규칙 같은 것도 금방 다시 사라질 거야. 두고 보라고."

"와인이나 더 따라 봐!" 코리나가 말했다. 다비드는 웃었다.

코리나는 그의 눈을 빤히 쳐다봤다. 와인으로 달아오른 그녀의 얼굴 위로 불빛이 어른거렸다. 지금이야. 코리나는 생각했다. 그녀는 첫째 날 밤에 무슨 일이 있었는지에 관한 진실을 지금 알고 싶었다. 하지만 직접 묻지는 않고 다른 식으로 캐내 볼 생각이었다. 그러다가 뭐라도 하나 건지게 될지 누가 알아?

"네가 무슨 생각인지 알겠어." 그녀가 갑자기 목소리를 확 낮췄다. "이제 우리 첫째 날 밤 무슨 일이 있었는지, 그대로 다시 한번 해볼까?

"이제 제발 그만!" 다비드가 일 초의 고민도 없이 잘라 거절했다. 코리나는 웃을 수밖에 없었다. 자기가 생각해도 너무 대놓고 밀고 나갔다.

"근데……, 네 꿈에 대해 듣는 것은 좋았어……. 그림, 노래……." 다비드가 말했다.

"지금, 여기서, 나는, 그냥 그날 무슨 일이 있었는지, 사실 그대로 솔직하게 말해 달라고 부탁하는 거야. 고백할게. 나 사실 그날 일 하나도 기억이 안 나. 필름이 끊겼었나 봐. 어쨌거나 임신은 안 됐다는 것도 오늘에야 알았고."

다비드가 웃음을 터뜨렸다. "임신 될 만한 일이 없었다니까 그러네."

"알았어. 아니, 사실 아직 모르겠어."

코리나는 지금이야말로 확실하게 파고들어서 진실을 알아낼 때라고 확신했다. 창피하다고 피하는 건 이제 멈추고.

"그러니까 다비드. 첫째 날 밤에 무슨 일이 있었어?"

다비드는 웃었다. 코리나는 애원의 눈빛으로 다비드를 살벌하게 쳐다봤다. 그제야 다비드가 입을 열었다.

"그래, 말할게……. 보드카랑 와인 두 병을 혼자서 다 마시고 엄청 취했는데 너는 뭘 꺼내서 피우려고 했어."

"세상에…… 그래서?"

"정성 들여 포장해 온 일주일치 마리화나를 다 피우

고선 토하러 가더라. 입덧이 아니었던 건 확실해."

"토했다고? 아, 민망하네……."

"변기에 빠지지 않게 내가 널 잡고 있었어. 등도 두드려 주고 널 침대에 눕힌 다음 화장실 청소도 다시 했어. 조준이 잘 안 되는 것 같더라고. 사실, 나는 누가 토하는 걸 실제로 본 게 처음이야." 다비드가 조곤조곤 상황 설명을 했다.

"맙소사. 혹시 내가 코도 골았어?"

"그럼. 여기서도 다 들릴 정도로."

"여기서?"

"응. 거실 소파에서도 들릴 정도로 우렁차던데." 다비드가 콕 짚어 줬다.

"그럼 너는 소파에서 잔 거야?"

"그랬지. 넌 뭘 생각했던 거야?"

"우린 아무것도 안 한 거지……? 조금도?"

코리나는 좀 더 정확하게 알고 싶어졌다. 하지만 다비드는 그저 되물을 뿐이었다.

"너 내가 시체랑 자고 싶었을 거라고 생각해?"

"솔직하게 말해 줘서 고마워. 뭐, 나중에 있을지도 모를 더 나은 순간을 위해 아껴 둔 거라고 치자." 코리나가 웃으며 말했다. 다비드가 잠시 고민했다.

"그냥 그런 셈 치자고 다비드. 그렇다고 해줘. 일부러 아껴 둔 거라고, 어차피 그런 순간이 오지도 않았으니까 상관없잖아……." 코리나가 속삭이듯 말했다.

"그래 맞아, 그거였어." 다비드가 웃으며 말했다. "그런데…… 혹시 그 타이밍이 이제야 찾아온 게 아닐까?"

"다비드, 너 취했구나!" 술에 취했든 아니든 상관없었다. 코리나는 자신도 모르게 놀라서 표정 관리가 되지 않았다.

"글쎄, 취한 건가? 내 말은 그냥 재미로 즐기는 사람들도 있으니까." 그가 천진한 표정으로 말했다.

"나도 알아." 코리나가 대꾸하며 다비드를 바라봤다. 그녀의 눈길이 깔끔한 그의 손에서 단단한 어깨로, 그리고 다정한 눈동자로 옮겨 갔다. 그녀는 원래 '그냥 재미로 즐기는 것'에 굳이 반대하는 입장은 아니었지만, 사실 지난 이 주간 뭔가 새롭게 배운 게 있었다. 그래서…… 코리나는 갑자기 혼란스러웠다. 근데 지난 이 주간 배운 게 뭐더라? 뭔가 배운 게 있긴 해? 아니면 다 잊어버리고 모르는 척하는 게 훨씬 낫지 않을까?

다비드가 자리에서 일어나 코리나의 손을 잡았다. 매우 크고 따뜻한 손이네. 코리나는 생각했다. 등줄기를 타고 전율이 올라오고 있었다.

"이리 와."

다비드가 말했고 코리나는 홀린 듯 자리에서 일어났다. 다비드가 부드럽게 그녀를 끌어당겼다. 그는 코리나를 이끌어 피아노 앞으로 가서 의자에 앉았다. F, A, G, C, F…… 다비드가 코드를 몇 개 짚자, 부드럽게 시작된 선율이 코리나의 마음을 간지럽혔다. 그녀의 몸이 서서히 리듬을 탔다. 이상하게도 전혀 거부감이 일지 않았다. 그러는 사이 전주가 끝나 갔다. 다비드는 다정하고 따뜻한 눈빛으로 그녀에게 용기를 보냈다. 그러자 코리나가 노래를 시작했다. 처음엔 조용하게, 거의 읊조리듯이. 하지만 점점 자신감이 차오르면서 끝내 모든 성량과 마음을 다해 자기 목소리를 밖으로 내보냈다.

하트 앤드 솔, 나는 너와 사랑에 빠졌어

하트 앤드 솔, 바보처럼, 미친 듯이

 그날 밤 네가 날 꼭 붙들었으니까

그리고 내 입술을 훔쳤으니까

 하트 앤드 솔, 날 사랑해 줘

하트 앤드 솔, 난 이미 내가 아니야

우리가 키스했던 마법 같은 그날 밤

 자욱한 안개 속에 흐르던 달빛 속에서

 오! 황홀한 너의 입술이 나를 떨게 만들었지

이런 기분 처음이야 누군가를 이토록 원하다니

이젠 알아, 한 번의 포옹이 무엇을 할 수 있는지

 날 좀 봐, 너를 이렇게 미친 듯이 사랑하게 만들었잖아

네가 내 입술을 훔쳐 간 그 짧은 순간에

내 마음과 영혼이 사로잡혀 버렸어

13일 차: 아주 사소한 포인트

다비드는 거실로 조심스레 걸어 나왔다. 소파에 누워 있는 코리나는 담요를 귀까지 덮어쓰고 있었다. 자는 모습이 사랑스러웠다. 평화로운 표정은 마치 다른 사람 같았다. 편안하고 행복한 모습. 어젯밤 노래하던 그녀의 얼굴도 그랬다. 그렇게 잘 부를 수 있는데 왜 그동안 노래를 하지 않았을까? 코리나는 왜 재능을 펼치지 못했을까? 더 성공한 인생을 살 수 있었을 텐데. 그런데 '성공한 인생'이 뭐지? 그저 인생을 살아가는 것만으로는 충분하지 않은 걸까? 뭐든 성공적인 성과를 내야 한다는 생산성의 의무 같은 게 있는 걸까? 혹은 행복의 의무라도? 남들과 비교해서 더 많은 것을 소유하고 소비해야 성공한 인생인 걸까? 아니지, 그딴 게 인생의 전부는 아니야. 다비드는 생각했다. 모두가 다르게 태어나고 다른 상황에서 다르게 살아간다. 코리나의 불행을 판단할 수 있는 사람은 자기 자신 외엔 아무도 없다. 하지만 그토록 특별난 재능이 묻혀 버리고, 그토록 많은 즐거움을 놓쳤다는 아쉬움까지 지울 수는 없었다.

결론이 나지 않는 상념을 매듭짓고자 커튼과 발코니 문을 활짝 열었다. 파란 하늘과 찬란한 태양이 보였다. 날씨의 신은 인간들에게 암흑기가 찾아왔다는 소식도 못 들었나 보네. 다비드는 투덜대며 부엌에서 그릇을 정리했다. 그리고 바닥에 널브러진 코리나의 옷가지를 들어 소파 곁에 가지런히 개어 놓았다. 그런 다음 먼지떨이로 모든 가구의 먼지를 털고 청소기를 가지러 욕실로 갔다.

코리나가 몸을 뒤척였다. 어제 너무 좋았어, 내가 노래를 하다니! 아직도 그때의 상쾌한 기분과 활력이 남아 있었다. 그녀는 베개에 얼굴을 묻고 어젯밤의 꿈같은 느낌에서 벗어나지 않으려 애썼다. 하지만 그러기엔 청소기 소리가 너무 시끄러웠다. 그녀는 신경질을 내며 자리에서 일어나 앉았다.

"제발 청소 좀 그만해!" 그녀는 바보처럼 보이지 않도록 다비드의 헐렁한 파자마를 몸에 맞게 추스르면서 냅다 소리를 질렀다.

"내 집 청소는 내가 하고 싶을 때 하는 거야!" 그가 맞받아쳤다.

"헤어지기 전날만이라도 푹 좀 자게 내버려 둘 순 없어?"

그녀는 벌떡 일어나 달력 한 장을 뜯은 다음 갈기갈기 찢었다. 열셋째 날이었다. 그녀는 허리를 굽혀 콘센트에서 청소기 플러그를 뽑았다. 갑자기 정적이 찾아왔다. 다비드가 황당한 표정으로 그 모습을 지켜봤다.

"제발 다비드. 우리 어제 좋았잖아. 제발 내가 조용히 잠에서 깰 수 있도록 배려해 줘. 청소는 내가 내일 떠나기 전에 할 테니까." 그녀는 기지개를 펴고 다소 과장되게 하품을 한 다음 속눈썹을 깜빡이며 물었다. "에스프레소 한 잔 내려 줄래?"

코리나의 모습에 마음이 녹아 버린 다비드가 웃으며 부엌으로 사라졌다.

"그런데 내가 너한테 그 일을 맡길지는 모르겠는데." 다비드가 커피를 갖고 돌아오며 말했다.

"뭘?"

"청소. 너처럼 고운 목소리를 가진 사람에게 그런 걸 시켜도 되나 싶어서."

코리나가 소리 내어 웃었다.

"거짓말하지 마! 너 무슨 생각하는지 다 알아. 내가 너만큼 청소를 잘하지 못할까 봐 그러는 거잖아."

"들켰네!" 다비드가 명랑하게 받아쳤다. 그러곤 다소 진지한 표정으로 말했다. "근데 이것 하나는 진지하게 들어 줘. 우리 학교에 정말 멋진 성악 선생님이 있어. 그리고 너보다 나이 많은 학생들도 많이 있고. 다른 사람과 너를 비교하지 마! 너는 유일무이한 존재야! 조금 다듬기만 해도 너는 충분히 가수가 될 수 있을 거야. 농담하는 거 아니야, 코리나. 나는 네가 노래할 만한 클럽과 바를 많이 알아. 네가 그런 무대에서 노래한다면 많은 사람들을 행복하게 만들어 줄 수 있어. 네가 노래를 하지 않는다는 건 정말 너무 아까워. 너 개인적으로도 아깝지만, 인류를 위해서도 아까운 일이야."

코리나는 느긋하게 에스프레소를 마셨다. 다비드의 제안을 거절할 마땅한 말이, 그러니까 그 어떤 독창적인 변명도 떠오르지 않았다.

"고마워, 정말 다정하네. 일단 지금은 담배를 끊는 것부터 시작할게. 흡연은 성대에 제일 나쁘니까. 어쨌든, 나는 어제 우리가 같이 그렇게 할 수 있어서…… 정말 좋았어. 그리고 그것 말고 다른 것까지 하지는 않아서 다행이라고 생각해. 다비드! 너 어제 완전 취했더라. 나

거의 너한테 넘어갈 뻔 했어. 메르세데스를 좋아한다면서 어떻게 그럴 수가……."

"솔직히 얘기할게. 내가 원래 술이 약한 편이야. 특히 와인에 약해! 그리고 그냥 너 노래하게 만들려고 그런 것뿐이라고!" 다비드는 더 이상 자기 행동을 합리화할 말이 떠오르지 않아서, 그냥 덧붙였다. "그래도 네가 제정신이어서 다행이었어."

"어쨌든 너한테 자주 있는 일은 아니었던 거지?" 코리나는 다비드의 감정을 읽으려고 떠봤지만 쉽지 않았다. 코리나가 덧붙였다. "어제 틴더 계정 지우는 거 봤어."

"맞아." 다비드가 수긍했다.

"뭔가 있다고 확신하는 거야? 메르세데스랑?"

"적어도 틴더에는 아무것도 없다는 걸 확신한 거지."

"나랑은 아니라는 얘기야, 뭐야?" 코리나가 가볍게 웃으며 말했다.

"너는 어때? 아직 계정이 살아 있어?" 다비드가 물었다.

"응. 여태까진 쓸모가 없었지만, 그래도 혼자서 늙고 혼자서 죽고 혼자서 땅에 묻히고 싶진 않으니까."

"제발 그런 소리 좀 하지 마. 너 아직 젊으니까."

"그래도 두 번은 해보려고."

"뭐라고? 두 번이라니, 그게 무슨 뜻이야?"

"틴더 데이트……. 이번이 처음이야." 코리나가 말했다.

"거짓말!"

"진짜야. 내 첫 데이트 상대가 너야, 다비드. 그리고 아마도 제일 오래 데이트한 상대가 아닐까 싶기도 하고. 나한텐 잘못된 타이밍을 잡는 동물적 감각이 있지."

다비드가 코리나를 바라봤다. 그녀의 말을 믿어야 할까, 말아야 할까? 하지만 거짓말을 할 이유가 뭐가 있지? 혹시 코리나가 지금 모든 것을 솔직하게 털어놓을 작정이라면, 지난 십사 일간 그가 품어 온 두 가지 궁금증을 풀 기회는 바로 지금인 것 같았다.

"내가 지금 너한테 뭘 물어본다면 말이야. 왠지 네가 솔직하게 대답해 줄 거 같은 느낌인데……." 다비드가 주저하듯 말했다.

"왜 그럴 거 같은데?"

"그냥, 이제 그럴 때가 된 거 같은 느낌이랄까."

"그런 것 같기도 하네. 그래서 뭘 물어볼 건데?"

"이제 우린 곧 끝이니까…… 그래서 하는 말인데……." 다비드는 이 말을 어떻게 마무리해야 할지 몰랐다. 그때 코리나가 그를 거들었다.

"내가 네 프로필에서 흥미를 느끼게 된 '아주 사소한 포인트'가 뭔지 궁금한 거야?"

"그걸 어떻게 알았어?" 다비드가 깜짝 놀라 물었다.

"십삼 일 전부터 네가 나한테 그걸 물어보길 기다렸거든. 정확히 말하면, 그 '아주 사소한 포인트'는 두 개야."

"맞아, 그때도 그렇게 말했어."

"첫 번째 포인트는 네가 쓴 '올곧은'이란 표현이야." 코리나가 설명했다.

"그렇게 썼었지. 그런데 그게 왜?"

"좀 구식이지만 좋은 단어야. 그리고 단언컨대, 너는 데이팅 앱 자기소개에 '올곧은'이란 단어를 쓴 유일한 남자일 거야."

"그런데 그 소개가 맞는 것 같아? 나는 올곧은 사람인가?" 다비드가 궁금해했다.

"어제 나를 유혹하려 한 시도는 좀 아니었지만······ 그래도, 맞아. 다비드, 넌 올곧은 사람이야."

"그럼 두 번째 '아주 사소한 포인트'는 뭐야?"

"두 번째는 프로필 사진에서 발견한 작은 디테일이야. 욕실 거울에 비친 모습을 찍은 사진 있지? 제대로 면

도도 하지 않고 머리도 빗지 않았지만 네 이미지를 드러내기엔 딱이었어. 그리고 음…… 욕실 선반 한구석에 놓여 있던 향수병 있지? 크리스찬 디올의 오 소바쥬."

"그게 왜?"

"우리 아빠도 그걸 썼거든."

"아빠는 어디 계시는데?"

"어디론가 사라졌어. 내 인생의 다른 개자식들과 마찬가지로."

"어디로 가신지 몰라?" 다비드가 물었다.

"글쎄. 우리는 어디로 와서 어디로 가는가? 우리는 실제로 존재하고 있는 것인가? 그건 그렇고, 에스프레소 한 잔만 더 내려 줄래?"

다비드는 그녀가 아버지에 대해 말할 생각이 없다는 걸 알아챘다. 적어도 지금 당장은. 그래서 한숨을 쉬며 말했다. "물론이야, 코리나. 에스프레소 한 잔 더 가져올게. 그러고 나서 우리 뭐 할까?"

"그냥 마지막 날이 오는 걸 기다리자." 코리나가 어깨를 들었다 놓으며 말했다.

14일 차 오전: 끝

달력에 적힌 숫자 '14'가 한눈에 쏙 들어왔다. 진하게 쓰인 숫자에는 밑줄과 느낌표까지 그려져 있었다. 코리나와 다비드는 마지막 날에 같이 창문을 닦기로 결정했다. 전날 밤, 마지막 남은 와인을 비우면서 하필이면 창문을 닦는 행동에 대한 해석에 꽂히고 만 것이다. 창문을 닦는 일은 세상을 보는 시야에 방해가 되는 것들을 치운다는 의미고, 깨끗해진 유리는 깨끗해진 영혼을 반영하는 것이라고. 그들은 철학엔 능통했지만, 창문 닦는 솜씨는 엉망이었다. 게다가 다비드는 욕실에서 다른 문제를 발견했다.

"소독약이 떨어졌어!" 그의 목소리엔 당황한 기색이 역력했다.

"내가 그걸로 변기를 닦았거든." 코리나가 대답

했다.

"소독약으로 변기를 닦았다고?" 다비드는 아예 떨고 있었다.

"그럼 안 되는 거야?"

"코리나! 변기는 변기용 세제로 닦아야지!"

다비드는 손에 든 빈 병을 쳐다보다가 그걸 소파 옆 바닥으로 떨어뜨렸다. 자기도 집을 어지를 수 있다는 걸 보여 주는 것 같았다. 그리고 그의 본심을 꿰뚫어 보고선 실실 웃고 있는 코리나를 잔뜩 화가 난 눈빛으로 쳐다봤다.

"어때? 후련하지, 그렇지?" 코리나가 말했다.

"그래, 후련하다! 하지만 소독약은 중요한 거야! 요즘 구하기가 어렵다고. 지금 상황에서 소독약은…… 이를테면…… 트러플이나 샴페인 같은 거란 말이야!"

그는 욕실로 돌아가 유리 세정제를 가지고 나왔다. 그러고는 발코니 창문 양면에 거침없이 분사했다.

"엄마랑 샴페인을 마실 생각을 하니까 너무 설레." 코리나가 창문을 닦기 시작하면서 말했다. "음, 진짜 프랑스 샴페인은 아니겠지만…… 어쨌든, 엄마가 엄청 좋아하겠지? 물론 내가 제일 좋지만! 드디어 다시 밖으로 나간다! 마스크 쓴 사람들을 보러! 푸릇푸릇한 나무들

보러! 생리대 사러!"

"이제 완전 봄이야. 며칠 전부터 사방이 다 푸릇푸릇해졌어." 다비드가 맞장구를 쳤다.

"너도 메르세데스랑 공원에 산책하러 가면 좋겠다." 코리나가 제안했다.

"오, 괜찮겠지?"

"그럼. 첫 번째 데이트는 야외에서 신선한 공기를 마시면서 움직이는 게 좋아. 그러면 긴장도 좀 풀리거든."

다비드가 창문 사이로 코리나를 바라보며 진심으로 걱정된다는 듯이 물었다. "나, 너 없이 어떡하지?"

"간단해 다비드, 미니 코리나가 네 곁에 있다고 상상해. 그럼 너의 인생이 전부 쉬워질 거야."

다비드는 웃으면서도 잠시 생각에 잠겼다. 그리고 말했다. "이런 말 조금 이상하게 들릴지도 모르겠지만…… 이 자가 격리가…… 어쨌든 재밌었어. 너를 알게 돼서."

"재밌었다고? 진이 다 빠진 게 아니고?" 코리나가 물었다.

다비드는 다른 창문을 열고 양쪽에 유리 세정제를 뿌렸다. 그가 한쪽을 닦으며 짧은 독백을 읊조리는 동안, 코리나는 묵묵히 다른 쪽을 닦았다.

"내 말 좀 들어 봐. 너는 항상 대답을 금방 하거든. 나라면 그런 얘기는 며칠 동안 궁리해야 떠오를 텐데, 넌 정말 재미있어, 코리나. 굉장히 재치가 있으면서도 동시에…… 진중한 면도 있어. 그리고 너는 남들에게 좀처럼 털어놓지 않는 비밀도 가지고 있지. 지난 십사 일간 나는 그 비밀들을 알아내지 못했고, 너도 끝까지 말해 주지 않았어. 나한테 솔직해지라고 그렇게 말해 놓고서! 너는 네가 말한 걸 내키는 대로 막 뒤집어 버리는 사람이야. 그래도 네가 아닌 다른 사람과 이 좁은 공간에서 이 주 동안 격리를 했다면 아마 견디지 못했을 거 같아. 너는 나에게 혼자가 아니라는 게 얼마나 좋은 건지 깨닫게 해줬어. 그러니까 지난 십사 일이 힘들기도 했지만, 그래도 분명 재미있었고, 그건 네가 매력적이고 사랑스러운 사람이었기 때문이란 내 말을 흘려듣지 말았으면 좋겠어. 자, 이제 네가 어떻게 주제를 전환할지 궁금하다. 내가 진지한 얘기나 질문을 할 때마다 너는 금방 주제를 바꿔 버렸으니까!"

그 순간, 코리나는 창문을 닦던 걸레를 내려놓고 다비드에게 다가갔다. 그리고 그의 머리를 감싸 안고 그의 입술에 입을 맞췄다. 그녀는 두 눈을 감고 그의 입술을 느끼면서, 천천히, 조심스럽게 입을 벌렸다. 그의 입술도 열리는 게 느껴졌다. 그녀는 다비드의 손에 있던 걸레가 바닥에 떨어지는 소리를 들었다. 그들은 서로를 품에 안고 오랫동안 키스했다.

이제 와서 키스라니, 정말 바보 같네. 코리나는 생각했다. 어차피 다시 안 볼 사인데⋯⋯. 코리나는 제멋대로 내린 결말에 '아마도'라는 부사를 살짝 걸쳐 놓았다. 그러고선 다시 현재의 키스 속으로 정신없이 빠져들었다. 다비드는 부드러움과 뜨거움을 동시에 갖고 있었다. 그들은 황홀함에 젖어 서로의 눈을 바라봤다. 그리고 그들의 입술이 다시 포개졌다. 지금은 아무 말도 하지 말자. 코리나가 생각했다. 혹시나 입 밖으로 말이 새는 것을 막기 위해 그녀는 다시 다비드를 어루만졌다. '어루만지다'라는 말의 어감이 참 좋네. 코리나가 속으로 생각했다. 그 말 한마디로 충분했다. 그 말 한마디가 전부였다!

하지만 바로 그 순간 코리나에겐 가슴 아픈 깨달음이 찾아왔다. 이것은 길고 강렬하고 황홀한 작별 키스에 불과했다. 지난 이 주간 코리나는 생각했다. 만약 다비드와 사랑에 빠지더라도, 그녀는 행복한 연애를 그냥 받아들이지 못할 것이다. 코리나는 교과서에서 읽었던 스탕달의 『연애론』을 떠올렸다. 사랑은 그 무엇도 막을 수 없는 열병이라던⋯⋯. 하지만 그 열병에 걸리기 전까지 사랑에 빠질지 말지는 여전히 결정의 문제라고 했다. 코리나는 이 사랑에 기대를 품지 않기로 마음먹었다. 더 이상의 상처는 받고 싶지 않았으니까……. 다비드가 다른 사람을 사랑한다면 그녀는 결국 다비드의 선택을 받아들일 수밖에 없을 테고, 그게 또 상처가 될 테니까. 더 이상같은 일을 겪지 않기 위해 내릴 수 있는 결정은 하나뿐이었다. 그러면 적어도 상처는 받지 않을 것이다. 그리고자신이 항상 같은 방식으로 상처 입는다는 사실을, 상담사에게 돈을 주고 확인받지 않아도 된다.

코리나는 어릴 때부터 남자들에게 관심을 받는 게좋았다. 데이트 전에는 그들의 취향에 맞을 때까지 옷을열 번도 넘게 갈아입었다. "나는 부족한 사람이야"라는말을 주문처럼 외우고 사는 건 그때나 지금이나 다를 게없었고……. 늘 약속 시간에 늦는 남자들을 하염없이 기다리곤 했다. 레스토랑에서 일하면서 알게 된 남자들과언제든지 섹스할 준비가 돼 있었다. 자연스럽게 일이 진행되면 좋은데, 쉽지 않았다. 어쩌다 섹스를 하게 되면남자가 하고 싶은 대로 하게 내버려 뒀다. 코리나는 그렇게 금세 잊히고 버려지는 것에 익숙했다.

안아 줘, 다비드. 나를 안아 줘! 내가 너에게 중요한걸 하나 가르쳐 줬잖아. 솔직함이 최고라는 거. 그런데

나도 배운 게 있어. 그래, 우린 여기까지라는 거야. 다 끝났어. 키스도 이미 과거야.

그녀는 시작할 때와 마찬가지로 서서히, 그리고 조심스럽게 다비드를 놓아줬다. 다비드는 그녀를 바라보며 홀린 듯이 웃었다. 그러곤 자신이 무엇을 잘못한 것은 없는지 생각했다. 이 상황에 무슨 말을 해야 하지? 코리나도 마찬가지로 멍한 표정이었다. 둘은 서로의 눈동자 속에서 조금은 불안하고, 또 조금은 혼란스러운 무언가를 발견했다. 동시에 이상한 슬픔이 솟는 것을 느꼈다. 이제 어떡하지? 우린 정말 사랑할 수도 있었는데……. 도대체 어쩌다 이렇게 된 거지?

"전혀 나쁘지 않은데." 다비드가 말했다.

코리나가 웃었다. "작별 인사는 그만해도 될 거 같아. 방금 걸로 충분해."

창문을 몇 번 더 닦고 나서, 그녀는 부엌으로 들어가 무언가를 갖고 나오며 말했다. "너를 위해 작별 선물을 준비했어."

그녀는 티셔츠 자투리를 바느질해서 만든 마스크를 그에게 씌웠다. 'I ♥ PARIS' 티셔츠에서 잘라 낸 빨간 하트가 그의 입을 막았다. 그녀는 핸드폰을 들고 다비드 옆에 붙어서 사진을 찍었다.

"코로나 시대 최악의 틴더 커플, David19와 코리나!" 코리나가 큰 소리로 외쳤다.

"코로나 시대 최고로 웃긴 틴더 커플, 코리나와 David19!" 다비드가 말했다.

코리나가 갑자기 말을 멈췄다.

"잠깐만!" 그녀가 외쳤다. "코리나와 David19. 말도 안 돼! '코'리나와 다'비드19'! 둘을 합치면 뭐가 되지?"

다비드가 당당하게 말했다.

"다리나!"

14일 차 오후: **시작**

이른 오후, 코리나와 다비드는 정확하게 몇 시에 자가 격리가 끝나는 건지 아무 연락도 받지 못한 상태였다. 혹시 모르니 보건소에 전화라도 해볼까 하다가 그만두기로 했다. 더 이상 보건소와 엮이고 싶지 않아서. 한 가지만은 확실했다. 둘 다 아픈 곳은 한 군데도 없었다. 당장 음성 여부를 확인하기 위한 검사를 받고 싶었다.

코리나는 자잘한 소지품을 챙겼다. 가루담배, 담배를 마는 종이, 라이터, 가방, 핸드폰, 충전기가 전부였다. 그녀가 문 앞에 섰다.

"자, 그럼……." 그녀가 말했다.

다비드가 그녀에게 다가와서 손을 잡으며 말했다. "시원섭섭하네."

"내가 문밖으로 나가자마자 시원하기만 할 거야."

코리나가 대꾸했다.

"안 그럴걸."

"그럼, 동료분과 잘해 봐."

"야, 코리나……."

"진심이야 다비드, 둘이 잘 되길 빌게."

코리나가 문을 열고 나가려고 하는 순간, 다비드의 핸드폰이 울렸다. 그는 그녀에게 잠시만 기다리라는 손짓을 하곤 전화를 받았다.

"아, 메르세데스! 안녕!"

코리나가 그것 보라는 듯 눈짓을 했다. 다비드는 굉장히 당황한 기색으로 수화기 속 음성에 귀 기울이면서도 그녀에겐 가지 말고 잠깐 있으라는 신호를 보냈다.

"뭐라고?" 그가 통화 중에 말을 더듬기 시작했다. "아니…… 없었어…… 모두? 공식적인 거야? 그러니까, 내 말은 우린 공문을 받았었거든……. 그래…… 그럼 일단…… 나도 모르겠어. 그래……."

전화를 끊은 다비드는 충격에 휩싸인 얼굴로 코리나를 쳐다봤다.

"뭔데 그래? 표정이 왜 그래?" 코리나가 걱정스럽게 물었다.

"탱고 댄서가……." 다비드가 울먹이며 말했다.

"무슨 탱고 댄서?" 코리나가 물었다.

"메르세데스 전 남친, 얼마 전에 헤어졌다던."

"이런 젠장!" 코리나가 입을 삐죽거리며 욕을 내뱉었다. "걔들 다시 만나는구나. 아니면 애당초 헤어진 적이 없었는지도 모르지. 다비드…… 정말 안됐어. 진짜 너무……."

"둘은 헤어졌어." 다비드가 덤덤하게 말했다.

"그래? 그럼 다 잘된 거잖아. 그럼 이제부터……." 코리나가 이젠 가도 되겠다는 듯 문 쪽으로 몸을 돌리며 말했다.

다비드가 가라앉은 목소리로 말했다. "하지만 그 탱고 댄서가 코로나에 걸렸대. 그리고 메르세데스도. 그 사람에게 가벼운 증상이 나타났고…… 그래서 검사 결과…… 양성으로 나왔대……. 메르세데스가 확진자로 분류돼서……."

"뭐라고?" 코리나의 머릿속이 복잡해졌다. 다비드는 지금 그들에게 닥친 일을 설명하려고 노력하고 있었다.

"그래서 최근에 메르세데스와 접촉한……."

"안 돼……" 코리나는 신음하듯 말했다.

"……모든 사람은 십사 일간의 자가 격리를……."

다비드는 말을 이어 갔다.

"너 정말 대단해! 아주 그냥 키스의 달인이네!" 코리나는 집으로 다시 들어와 소파에 주저앉았다.

"이럴 순 없어……." 다비드가 중얼거리며 그녀 옆에 앉았다. "메르세데스가 나한테…… 그리고 우리 둘이……. 그런데, 너 혹시 후회하는 거야?"

"뭘?" 코리나가 물었다.

"우리가 키스 한 거." 다비드가 답했다.

둘 다 코로나에 걸렸으면 어쩌지? 둘 중 하나가 병원에 실려 가게 되면? 설마……. 코리나는 생각했다. 하지만 그럴 가능성은 그렇게 높지 않았다. 그것보다 오히려 다시 이 좁은 공간에서…… 십사 일간…… 격리를 해야 한다는 상상을 하니 숨이 탁 막혔다.

그렇다고 작별 인사로 나눈 황홀한 키스를 후회하는가? 그건 아니다. 단 일 초의 망설임도 없이 그녀는 답을 냈다. 그래도 지금 당장 그 생각을 그에게 굳이 알릴 필요는 없어 보였다.

"십사 일 동안?" 코리나가 물었다.

"십사 일 동안. 오늘 다시 공문이 날아올 거래." 다비드가 확인해 줬다.

처음엔 둘 다 황망한 눈빛으로 서로를 바라보다가,

어느 순간 코리나가 천연덕스럽게 미소를 지었고 그 모습을 본 다비드가 웃기 시작했다. 코리나도 빵 터져서 둘은 한참 동안 눈물까지 흘려 가며 실컷 웃었다. 또다시 자가 격리를 해야 한다니. 이건 정말 말도 안 돼.

놀랐던 마음이 반쯤 가라앉자 다비드가 말했다. "그래서? 이제 우리 뭐 하지?"

"간단하지. 우리에게 기회가 한 번 더 생겼어. 그러니까…… 처음부터 다시 시작해 볼래? 우리는 아직 모르는 사이야. 나는 여기에 온 적도 없는 거고……. 내가 올 때까지 뭘 하고 있었는지 재연해 봐!"

"좋아."

코리나가 현관으로 가는 사이, 다비드는 선반에서 '대천사 미카엘의 에너지 정화 스프레이'를 집어 들었다.

"아무리 허브 스프레이를 뿌려도 나의 집과 인생을 덮칠 불운과 악령을 막지 못하리란 걸 진작에 알았다면, 나는 쓸데없는 헛수고를 하지 않았을 거야. 당연히 아직 아무것도 몰랐기에 나는 소파 위에 한 번, 식당 쪽을 향해 한 번, 침실에도 한 번 스프레이를 칙칙 뿌린 뒤 내 몸 위에도 허브 향을 둘렀지. 나쁠 건 없을 거니까."

코리나가 현관에 서서 말을 이어 받았다. "조만간

나에게 감당할 수 없을 정도로 많은 시간이 허락되리라는 걸 알았다면, 그때 그렇게까지 서두르지는 않았을 거야. 몇 달 전부터 나는 내가 뒤처져 있다는 생각을 멈출 수 없었어. 말하자면 때를 놓친 것 같았지. 그런 생각에 사로잡힌 채로 초인종을 누른 거야."

코리나가 문밖으로 나가 초인종을 눌렀다.

"재미있네." 다비드가 말했다. "내가 랄프로렌 셔츠를 벗고 집에서 입는 티셔츠로 갈아입자마자 오다니. 이렇게 생각하면서 현관문을 열었어. 그랬더니 네가 가택수색을 나온 경찰처럼 곧장 집 안으로 직진했지."

코리나가 그때처럼 집 안으로 성큼성큼 들어오는 연기를 했다.

"좀 특이한 냄새가 나네."

"안녕." 다비드가 말했다.

"할아버지 냄새가 나."

"고마워. 근데 나이 속인 건 아니야."

"아, 그래? 그럼 다른 건 뭘 속였는데??"

"나 속인 거 없어!" 다비드는 어쩌다가 만나자마자 변명부터 하게 됐는지 알 수 없었다.

"그만!" 그가 큰 소리로 외쳤다. "나 지금부터 다시 또 변명해야 하는 거야? 모든 걸 똑같이 재연할 필요는 없잖아!"

"그럼 네가 대본을 고치면 되잖아!"

"좋아. 그럼 너의 첫인상을 말하는 걸로 할게. 그때 난 네 머리카락이 너무 아름답고 프로필 사진에서 본 것처럼 건강하다고 생각했어."

다비드가 코리나에게 다가가 두 손으로 그녀의 머리를 감싼 다음, 부드럽게 머리카락을 쓸어내렸다. 코리나는 다비드를 빤히 쳐다보며 속삭였다.

"그때 난, 이 남자는 여태까지 내가 본 중에 가장 아름다운 손을 가졌다고 생각했어. 피아노 치는 손이라는 것도 그때 알아봤지."

그들은 마주 선 채 서로를 오랫동안 바라보았다. 지난 십사 일간 있었던 일들이 하나하나 장면이 되어 머릿속에 펼쳐졌다. 그때의 감정이 되살아나 마음속을 일렁였다. 서로의 눈동자 속에 그런 그들이 있었다. 둘은 서로를 나지막이 불렀다.

"코리나……."

"다비드……."

옮긴이 **이지윤**

한국외국어대학교 영어과를 졸업하고 『프레시안』에서 기자로 활동했다. 독일 풀다대학교에서 '다문화 소통'을 공부했다. 난해한 개념에 그물을 던져 이해 가능한 단어를 건져 낸 순간을 사랑한다. 현재 출판번역 에이전시 베네트랜스에서 '문화 간 소통'을 번역으로 중개하고 있다. 옮긴 책으로는 『사랑하지 않으면 아프다』 『우리의 밤은 너무 밝다』 『죽음이 삶에 스며들 때』 등이 있다.

14일의 동거

1판 1쇄 인쇄   2022년 3월 31일
1판 1쇄 발행   2022년 4월 13일

지은이   레네 프로인트
옮긴이   이지윤

펴낸이   임지현
펴낸곳   (주)문학사상
주소   경기도 파주시 회동길 363-8, 201호 (10881)
등록   1973년 3월 21일 제1-137호

전화   031)946-8503
팩스   031)955-9912
홈페이지   www.munsa.co.kr
이메일   munsa@munsa.co.kr

ISBN 978-89-7012-534-3 (03850)

* 잘못 만들어진 책은 구입처에서 교환해 드립니다.
* 가격은 뒤표지에 표시되어 있습니다.